«Ismael Cala nos entrega por tercera ocasión una obra llena de luz, sabiduría y, sobre todo, psicología práctica matizada por la sencillez de lenguaje y la profundidad en propósito. Es una combinación de ensayo y fábula que resulta fascinante de leer. *El secreto del bambú*, sin dudas, no es solo un libro para leer sino un manifesto para estudiar».

—Dr. César Lozano
Escritor y conferencista

«*El secreto del bambú* es un libro que atrapa al lector en una historia que nos invita a revisar y a explorar el futuro sin dejar de estar presentes en el momento que vivimos. Es una fabula espiritual donde los valores humanos son los verdaderos protagonistas. El bambú se convierte en el referente de condiciones indispensables para vivir en armonía y paz interior. Nos transporta, hace pensar y nos llama a ser una mejor versión de nuestro propio ser».

—Don Miguel Ruiz
Autor *best seller*

«Mi amigo Ismael Cala nos trae una obra que no tiene fecha de expiración. *El secreto del bambú* encierra una sabiduría universal que atrapa desde la introducción filosófica hasta el desenlace de la fábula. Es una lectura divertida, didáctica y enaltecida por la simplicidad en pretensiones literarias y la maestría de reflejar con imágenes las cualidades que nos enseña el bambú. Felicidades Cala. De seguro este libro transformará a millones».

—Martha Debayle
Empresaria mexicana comunicadora de Radio y TV

«En *El secreto del bambú* Cala nos da las estrategias para un liderazgo personal basado en los valores y principios, una vida con propósito de servir a los demás y convertirnos en agentes de cambio. Es un manual que celebra la vida y el potencial humano».

—Andrés Moreno
Fundador, presidente ejecutivo y CEO de Open English

ISMAEL CALA

EL SECRETO DEL BAMBÚ

UNA FÁBULA

HarperCollins *Español*

EL SECRETO DEL BAMBÚ © 2015 por Ismael Cala
Publicado por HarperCollins® en Nashville, Tennessee, Estados Unidos de América.
HarperCollins Español es una marca registrada de HarperCollins Christian Publishing.

Editora en Jefe: *Graciela Lelli*

Diseño: *Grupo Nivel Uno, Inc.*

ISBN: 978-0-82970-144-9

CATEGORÍA: Ficción / General

Impreso en Estados Unidos de América

15 16 17 18 19 DCI 9 8 7 6 5 4 3 2

El bambú que se dobla es más
fuerte que el roble que resiste.

—Proverbio japonés

Contenido

Querido lector:

Hace unos tres años me invitaron a dar una charla en Guayaquil, Ecuador, a más de mil jóvenes que participaban en un foro empresarial. La invitación vino de parte de la ingeniera y empresaria Joyce de Ginatta. La conferencia resultó una fabulosa experiencia de intercambio humano y despertó en mí la curiosidad de aprender y compartir conocimientos, vivencias y experiencias a través de la docencia. Recordé mis cuatro años como profesor en la Universidad de Oriente, en Santiago de Cuba, donde me gradué como Licenciado en Historia del Arte. Durante dos años me desempeñé como instructor no graduado y otros dos como profesor asociado. La verdad es que lo disfruté muchísimo porque no hay mejor manera de aprender que compartir lo que sabes y someterte a las inesperadas preguntas de los estudiantes. Muchas veces no tenía respuestas para ellos y debía decirles: «Hoy debemos avanzar con la materia prevista, les contesto en la próxima clase». Entonces buscaba la información y la ofrecía en la siguiente ocasión. El maestro que deja de estudiar, deja de ser maestro para convertirse en un recitador. Y eso justamente fue lo que redescubrí, gracias a Joyce de Ginatta, en esa primera invitación a través del Speakers Bureau de CNN.

La experiencia se repitió luego en Lima, Perú, a los pocos meses, cuando fui invitado a hablar ante jóvenes de escasos recursos financieros, vinculados a un proyecto de inclusión social. Del encuentro regresé a Miami con la idea de que las conferencias y los talleres de liderazgo eran actividades que me devolvían el propósito de ayudar, presencialmente, a muchos jóvenes a encontrar herramientas y claves para desarrollar su pasión y fomentar una vocación en sus vidas. Hablando con ellos, y basándome en mis experiencias como estudiante adulto en Toronto —donde volví a la universidad para cursar Comunicación Social— me di cuenta de que muchos jóvenes no han tenido el privilegio de descubrir lo que realmente les apasiona en la vida. Recuerdo que en Toronto me decían estudiante maduro, porque tenía veintinueve años y estaba en las aulas entre adolescentes de diecisiete, dieciocho o diecinueve años, apenas salidos de high school o bachillerato.

Con todo esto en mente, regresé a Miami y conversando con mi inseparable Bruno Torres —hoy CEO de Cala Enterprises—, le dije: «Esto de las conferencias me resulta muy reconfortante. Gracias a ellas creo sentirme incluso más útil que haciendo televisión. Es algo que me llena el corazón y que, además, por la retroalimentación que he recibido, sé que sirve de mucho a estos jóvenes».

En aquel momento, Bruno trabajaba en una agencia de seguros, pero su labor no le apasionaba. Para él era un simple trabajo, no una apasionante carrera que tuviera deseos de desarrollar. Entonces, en un momento de clarividencia divina, me atreví a decirle: «Deja ese trabajo que no te gusta y montemos una empresa de desarrollo de contenidos para conferencias, seminarios, libros y otras actividades».

No estaba seguro de que aceptaría mi propuesta. Bruno lo pensó, pero no por demasiado tiempo. Le propuse seis meses de prueba en los que asumiría su salario inicial hasta que pudiéramos ver si éramos capaces de sostener el proyecto. Siempre tuve el sueño de crear mi propio negocio sin abandonar, por supuesto, el trabajo en los medios de comunicación.

Transcurrido ese tiempo, Bruno no solo logra su salario, sino que Cala Enterprises comienza a recibir las primeras ganancias. Hoy se ha convertido en una firma con un equipo de trabajo de doce personas.

Hemos ofrecido conferencias en quince países y realizado labores conjuntamente con importantes personalidades como Deepak Chopra, John C. Maxwell, Chris Gardner y Camilo Cruz, entre otros.

Ante mi visión —a veces rígida— del camino, en esos primeros estadios, Bruno lanzaba la frase: «Ismael, relájate. Tienes que ser como el bambú, flexible».

Me tomó un tiempo aprender a escucharlo, quizás me molesté con su reproche sobre mi inflexibilidad, pero luego dejé asentar la frase en mi conciencia, como una enseñanza de vida. Y un buen día me dije: «Voy a investigar más sobre el bambú». Pregunté a Bruno de dónde había sacado la frase, pero dijo que no estaba seguro. «Creo que debe ser del refranero tan especial y sabroso que tiene mi abuela Elsia», comentaba. Y me lo pude imaginar, pues a Elsia la conozco muy bien. Es una de esas señoras sabias, que siempre dice algo con humor y hondo sentido del poder, con esa fuerza que dan los años y en cuyo rostro uno puede ver un mapa de vivencias. Si ese fue el caso, Elsia, gracias por sembrar en nuestras mentes el secreto del bambú.

Como siempre, aclaro que esta obra no pretende ninguna aspiración literaria más allá de ser un efectivo vehículo de reflexión sobre nuestros verdaderos valores como seres humanos, nuestra misión de vida y nuestra conciencia. He llamado a este tipo de literatura «lectura con propósito». Y sí, aunque todo lo escrito tiene un propósito, más allá del lenguaje y el entretenimiento como premisas, en esta obra me centro en el mensaje de transformación. Mi propósito es que muchos jóvenes sean seducidos por la lectura en estos tiempos de adicción cibernética, cuando se encuentran a merced de la inmediatez de las redes sociales y de los 140 caracteres.

Este es un libro pensado para convertirse en material de consulta en tu mesa de noche. Hemos cuidado que cada pensamiento engendre un nuevo cuestionamiento. La vida es mejor vivirla llenándose de preguntas en lugar de empachados con respuestas autocreadas. Al leer este libro, lo mejor es dejar fluir y soltar las preguntas, ya que muchas veces estas son la razón de la ansiedad futurística. Y ese es el tiempo que arrebata el sabor al ahora, al futuro por llegar.

Siéntate, acuéstate, relájate... Busca el momento para que la lectura te permita volar, trascender la barrera espacio-tiempo y entrar en la dimensión maravillosa del ser. «Leer da sueños», leí en un gran cartel en la Feria Internacional del Libro de Guadalajara en 2013. La frase se me quedó grabada para siempre. «Leer da sueños», y no hay mejor camino en la vida que ir paso a paso calando sueños. Calar sueños que impliquen bienestar para otros, y no solo el nuestro.

Con cariño,

Ismael Cala

Introducción

SER COMO EL BAMBÚ

ntes de embarcarnos en esta fábula, esta ficción con cimientos de realidad, te invito a que nos adentremos en la lectura e investigación de la mística y las asociaciones que rodean al bambú. El propósito es que nos sumerjamos en ese mundo maravilloso hasta lograr, como dicen los pintores zen, convertirnos en bambú. Este proceso deja a un lado nuestra conciencia intelectual egocéntrica para explorar a profundidad el uso de nuestros sentidos como instrumentos de guía. Tener conciencia sensorial es desarrollar empatía por el objeto que está fuera de nosotros, tratar de observarlo, vivirlo y sentirlo hasta que tengamos la sensación de ser parte del todo. En la cultura asiática se entrena para aprender a pintar el bambú. Se trata de convertirse en bambú, no solo pensando y observando, sino sintiendo sus propiedades, bondades y movimientos. Sucede cuando nuestra conciencia se identifica con la conciencia que habita más allá de nuestra mente. Recordemos que la mente tiene como brújula al ego, personaje al que no queremos aniquilar, sino estudiar, para hacerlo testigo y no protagonista de nuestra vida. En esta obra, el bambú se convierte en símbolo de vida, observación, contemplación, servicio, utilidad, cohesión, liderazgo y comunidad.

El bambú es una de las plantas más veneradas en el planeta. Pertenece a la familia de las gramíneas y su nombre científico es *Bambusa arundinacea*. Se distingue por el tallo largo y redondo. A excepción de Europa, crece de manera natural en todos los continentes. Existen más de mil trescientas especies de bambú y una gran parte de ellas tarda años en florecer. Todos los bambúes brotan con su diámetro definitivo y buscan ganar altura a lo largo de tres meses. Por lo general, crecen de manera silvestre y forman verdaderos bosques.

El suelo ideal para el bambú es el que drena y a la vez tiene la capacidad de retener las partículas de materia orgánica, que le sirven de abono. Antiguas leyendas asiáticas aseguran que en ceremonias religiosas y festivas se hacían estallar bambúes en el fuego para ahuyentar a los malos espíritus. Colocaban los trozos de bambú dentro de una fogata y el aire encerrado en el interior de sus nudillos se expandía a causa del calor. Cuando las fibras del vegetal no soportaban más la presión del aire, estallaban. Al reventar, cuentan que sonaba así: ¡bammmbuuuú!

La existencia del bambú es una bendición para los seres humanos. Simboliza la grandeza de la nada porque desarrolla su tronco alrededor del vacío. Ese vacío, según el pensamiento asiático, es el contenedor de su inagotable espiritualidad. ¡Allí guarda el bambú su gran secreto!

El bambú es muy popular en Asia y está presente en la mística de Japón y en otras culturas del Oriente. Ha sabido ganarse un lugar en la conciencia colectiva de la humanidad porque se ha puesto al servicio de la gente a través de sus innumerables usos: con el bambú se construyen casas, muebles, flautas, canales de agua, vasijas... Se hace papel y se preparan recetas culinarias.

Y eso no es todo. No es difícil enamorarse del bambú por su exuberancia. Un bosque de bambú es como una maravillosa cortina de cuerdas danzantes que desafía vientos y mareas energéticas a su alrededor. Muchas especies de bambú tienen raíces conectadas y crean extensas comunidades bajo tierra, capaces de levantar los cimientos de una casa si logran acordonarla. La raíz del bambú crece en solidaridad. De hecho en algunas religiones, entre ellas el budismo, el bambú es considerado como compañía o amigo. Es un guerrero sobreviviente del tiempo, que susurra al viento y se aferra bien a las entrañas de la tierra. Vive con la mirada al cielo, pero con los pies firmes en la tierra.

En nuestra investigación sobre el bambú encontramos muchas propiedades, algunas de ellas desarrolladas en lo que contaremos a continuación: la historia de Huáscar y su viaje en busca de paz y armonía en Mapai. Como antesala a la historia, y siendo pragmáticos en el tema del liderazgo personal, mucho es lo que podemos aprender del bambú. Es duradero y muy duro de exterminar; de hecho, algunas de sus especies son intrusivas o se reproducen con facilidad, incluso en lugares donde no son deseadas. Una vez que sus raíces se solidifican, sus troncos crecen muy rápidamente y hay quienes dicen que es más fuerte que el acero. Sin embargo tiene una flexibilidad impresionante. No es un árbol, pero tiene la fuerza que muchos quisieran para enfrentar las inclemencias del clima. El viento y la lluvia derriban cedros, pinos y ceibas, pero dejan al bambú danzando, cediendo y doblándose, sin romperse en el suelo.

Como ya mencioné, el bambú es hueco, algo muy curioso para una planta del tamaño de un árbol. Esto contribuye a la mística que lo rodea. Muchos pensadores atribuyen a ese vacío interior su enorme espiritualidad. Nada material hay dentro de sí. En los barrios chinos de Occidente, el bambú se vende como talismán para la suerte.

Entre sus variedades más significativas está el bambú dorado japonés, que puede reproducirse por semillas. La semilla requiere alrededor de seis o siete años para germinar. Antes de hacerlo, va creando una red de poderosas y profundas raíces. Cuando ya está listo su cimiento, el brote de bambú se alza a una velocidad impresionante. Después de esa larga espera, en cuestión de un mes, el tallo puede alcanzar los tres metros. ¡Impresionante! Luego, alrededor de los seis o siete años de madurez, la espigada, elegante y resistente vara se seca y, entonces, pasa de verde a amarillo y se convierte en madera. Este proceso se llama lignificación, y es el momento cuando se corta y se le da múltiples usos como materia prima.

El bambú dorado japonés es una perfecta parábola del liderazgo. Para llegar a dar frutos, el líder necesita madurar antes desde su semilla, afianzarse y adquirir experiencias. Cuando lo logra, crecerá a la velocidad y con la seguridad del bambú dorado japonés y se elevará hasta el cielo en su liderazgo.

El ciclo de vida del bambú nos demuestra cómo sembrar una semilla es en sí una enseñanza de pasión, paciencia y perseverancia, mis tres «p» del éxito expuestas en el libro *Un buen hijo de p...* Quien siembra bambú tiene que tener la paciencia de esperar los siete años a que, en la penumbra del suelo, la planta cree redes con sus raíces solidarias para construir un entramado macizo, horizontal y vertical. Pero luego se sorprenderá con los primeros brotes y con una acelerada velocidad que llevará al bambú hasta los treinta metros de altura en seis semanas. Así, sembrar una semilla de bambú es un acto de fe.

El libro *When the Bamboo Bends* [Cuando el bambú se dobla], del teólogo japonés Masao Takenaka, me arrojó mucha luz sobre la multiplicidad de usos del bambú en Asia y, sobre todo, en Japón. Takenaka menciona que, como el arroz, el bambú es muy común y apreciado en muchas partes de Asia. Además de sus usos en la construcción de casas, tuberías, utensilios para comer, cercas y muebles, Takenaka nos ilustra sobre su utilización en contextos culturales: festivales de danza y teatro y decoraciones para año nuevo en las casas. Los asiáticos disfrutan de la música de las flautas de bambú y de las danzas, donde las cañas son utilizadas como accesorios. Es fuente de elaboración de cucharas y canastas de flores, utilizadas en la ceremonia tradicional del té en Japón. En todos esos países, las estampillas postales están llenas de referencias al bambú. Takenaka ilustra su libro con imágenes de osos panda comiendo hojas de bambú. Hay un viejo dicho en Asia que reza: «Incluso, aunque no tengas carne en la comida, debemos tener bambú en nuestro hogar». La creencia, según describe Takenaka, es que sin carne no tendríamos alimento, pero sin bambú en casa perderíamos la espiritualidad.

Es tan interesante lo que los expertos cuentan sobre el bambú y sus usos, que tuve que repensar la idea de escribir un libro en primera persona. Así, vuelvo a la carga con una ficción fabulada, para construir una historia basada en el bambú: un mundo de bambú, una comunidad que viva con, del y para el bambú como símbolo de solidaridad, coexistencia y plasticidad funcional. Por eso, lo que leerás a continuación es pura fantasía basada en tendencias reales. La idea de hacer una comunidad surgió al leer el libro de Takenaka. Ella cuenta cómo los matorrales de bambú sirvieron de refugio durante el desastre atómico de Hiroshima. También menciona la creencia de que, durante un terremoto, un campo de bambú ofrece protección. Takenaka nos hace viajar hasta la cima de la colina de Otokoyama Hachiman, al sur de Kioto, rodeada de arboledas de bambú. Allí encontramos un monumento especial en memoria de Thomas Edison quien, como todos conocemos, es mundialmente recordado por haber inventado el bombillo incandescente con filamentos de carbón. La historia cuenta que, después de muchos intentos, tuvo éxito usando fibras de bambú. Aún no he visitado el lugar, por lo que agradezco a Takenaka habernos llevado hasta allá para celebrar a Edison y al bambú. El monumento, que fue construido en 1929 por el aniversario número cincuenta de la invención de la lámpara eléctrica, tiene un pensamiento tallado que dice: «El genio es uno por ciento inspiración y noventa y nueve por ciento transpiración».

Y si de bambú hablo, las sorpresas siguen llegando. Después de haber investigado durante meses sobre sus bondades, descubrí otro uso milenario que avala aún más su merecida fama. En un foro de negocios en Miami, el 11 de marzo de 2015, al tratar de intrigar a mi auditorio sobre este libro, todavía en proceso de revisión, un caballero pide la palabra durante la sesión de preguntas y respuestas. Más que una pregunta, tenía un comentario motivado por la filosofía del bambú que compartí. Nos habló sobre el uso del bambú en un antiquísimo deporte como el polo. Es evidente que siempre queda mucho por aprender. Y a medida que él contaba la historia, Omar Charcousse, del equipo de Cala Enterprises, iba corroborando en Google que, efectivamente, había algo interesante que comentar al respecto de ese deporte y el bambú. Es así que Elsa Tadeo, nuestra periodista de investigación y contenidos, indagó sobre el eterno matrimonio entre el polo y el bambú.

El polo es jugado por dos equipos de cuatro jugadores cada uno que van montados a caballo. Ellos intentan llevar la pelota hacia la portería del equipo contrario a través del uso de un taco (palo). El objetivo, lógicamente, es anotar goles. Justamente, el taco está hecho de bambú y tiene una cabeza de madera. Muchos prefieren aquel material por ser muy flexible y resistente. Es así que el vínculo del bambú con el deporte data de tiempos inmemoriales.

Luego de escuchar con atención al caballero, le di mi dirección de correo electrónico y me escribió este pequeño y muy peculiar mensaje: «A propósito del secreto del bambú, no quise extenderme más en mi intervención, pero te cuento algo que viví, realmente asombroso. De un taco de polo —roto y viejo, que tenía en un clóset en la parte exterior de mi casa—, insólitamente brotó una planta de bambú. Increíble, casi milagroso».

Por eso me encantan las conferencias y seminarios, ya sea que asista como ponente o como estudiante: a través de la interacción de ideas, siempre terminas aprendiendo algo nuevo.

En realidad, la historia que más me atrapa —y es el centro de mi mensaje en estas notas— es que el mundo moderno en el que vivimos aparenta, al igual que el bambú, tener forma por fuera y estar vacío por dentro. Vivimos en una era de banalidades, donde lo superfluo determina el valor y el estatus de muchas personas por encima de otras. Al menos eso nos hacen creer. Con este libro, que enfatiza el simbolismo de las asociaciones con el bambú, la mayor reflexión que podemos hacer es que en nuestra mente y conciencia hay un inmenso vacío espiritual que solo Dios y la conexión con él pueden llenar. Incluso ahora, antes de entrar en el maravilloso viaje hacia el futuro y la naturaleza del reino de Mapai o Reino Bambú, en medio del Amazonas.

Muchos seres humanos viven en un universo muerto, vacío, mundano. Creemos vivir mientras en realidad estamos atrapados en la superficialidad de una dimensión material empobrecida. El campo de la acción humana, lamentablemente, se ha limitado a menos crecimiento personal y a más desarrollo económico. El bambú, como elemento básico de la naturaleza que ha sido capaz de aportar vida a nuestra vida, es clave para comparar la tecnología y la fiebre por desarrollarnos incluso a expensas de nuestra suerte como raza en la casa común: el planeta Tierra. Como dice Robert E. Carter en *Becoming Bamboo*: «... la tecnología será guiada y moldeada por el panorama y los paradigmas que prevalezcan en el mundo. Es imperativo que adoptemos una perspectiva humanista y consciente del medio ambiente si queremos mejorar la calidad de vida o incluso sobrevivir».[1]

En este libro pretendo que pongamos nuestras miradas en el mundo que nos rodea, en esas grandes metrópolis que nos deslumbran por sus comodidades, pero que también nos asfixian con sus reglas y purgatorias oportunidades. Antes, en nuestras empresas, se hablaba de Departamento de Personal. Hoy todos somos «recursos humanos», dispuestos como un material más que será usado y abusado. Toda fábula tiene una moraleja. Y, aunque no pretendo decirte explícitamente cuál es, sí quiero que centres tu mente en el foco de lo esencial de tu vida. Donde están tus prioridades, están tus oportunidades. Este es un material de consulta sobre la libertad interior del ser humano, esa que, incluso en condiciones extremas, podemos todavía ejercer; en algunas áreas donde podamos elegir la actitud y el curso de acción a tomar. La metáfora de libertad, la determinación del bambú de lanzarse a conquistar las alturas, luego de haber creado una sólida base en sus raíces, es la clave para evaluar nuestra autodeterminación para crecer hacia la excelencia en la vida.

Creemos ser libres, pero en realidad no lo somos. Disfrutamos todos de nuestras pequeñas libertades reclamadas, pero, de alguna manera, a todos nos encierran circuitos y acuerdos micro o macro interpersonales. Son códigos a los que, conscientemente, decimos sí pertenezco, pero también hay otros que, sin darnos cuenta, nos fueron implantados en el disco duro en épocas tempranas. No hay manera de cuestionar estos últimos sin que alguien desde afuera se atreva a presentarnos otra realidad. En esta historia de redención personal y liderazgo está el más deseado de los principios humanos: el poder de elegir.

El secreto del bambú evoca esa profundidad de que debajo de la forma y la piel de la vara del bambú, está el vacío, la abundancia de vacuidad. Si nos ponemos a pensar en todo lo que nos rodea, absolutamente lo es.

Otro de los maravillosos libros que estudié antes de comenzar a escribir *El secreto del bambú* fue *Paradise in Plain Sight: Lessons from a Zen Garden* [El paraíso a la vista de todos: Lecciones de un jardín zen], de Karen Maezen Miller. A través de la lectura del libro, Maezen nos lleva a interpretaciones budistas sobre el bambú y nos recuerda que, según esta filosofía y religión, forma es vacío y vacío es forma. De alguna manera, algunos sabios ya habían jugado con mi mente al decir que lo sólido no lo es. Ahora Maezen nos dice: lo que no tiene forma viene en todas las formas. Lo que está comprobado es que el bambú es fuerte porque es hueco. Es flexible y resistente. Esa es la característica que diferencia a un líder que escucha de otro autocrático, rígido, dogmático e inflexible. Muchas veces olvidamos algo que nos enseñaron en la escuela primaria: como siempre recuerda Deepak Chopra en nuestras conversaciones, la materia está compuesta por átomos, y los átomos son espacios vacíos.

Para adentrarte en este mundo, deja tu mente fluir, trata de convertirte en un centinela que observa el ir y venir del viento, desde lo alto de una enorme y resistente vara de bambú. Para entender cómo liberar tu mente del ego, que te anima a pertenecer a la tribu civilizada, deja de ser protagonista de tu vida solo por un instante para convertirte en testigo, tal como hace el bambú al aferrarse a sus raíces. Pero, al mismo tiempo, está dispuesto a doblarse ante los fuertes vientos que podrían destruirlo en un instante. Al final del día, qué ser humano podría realmente definir dónde comienza y dónde termina nuestro poder, influencia y presencia. Hay una pregunta, simple y profunda, que podemos hacernos: «¿Quién soy?». Sea cual fuere la manera en que la contestemos, siempre nos limitará, porque seremos mucho más que las palabras que nos vengan a la mente. Somos seres sensoriales, y nuestro intelecto, por muy elevado que aparente estar, nunca podrá definir en códigos lingüísticos quiénes somos y todo lo que experimentamos con nuestros sentidos.

Antes de despegar, te animo a que hagamos una meditación que nos deje libres de toda atadura condicionada por nuestra vida actual. Si estás leyéndome es porque estás dispuesto a viajar, a asumir el reto de dejar que tu imaginación expanda sus propios límites. Ponte en una posición cómoda. Respira inhalando profundamente por la nariz, aguanta la respiración por tres segundos, exhala lentamente también por la nariz. Repite este patrón durante tres ciclos.

Deja ir tus pensamientos. Relaja tus hombros. Cierra y abre tus ojos lentamente por tres ocasiones. Baja la guardia. Ahora nadie te juzga, nadie te observa. Deja pasar todas las opiniones que vienen a tu mente. Durante la lectura de este libro, ten siempre en cuenta que una opinión es solo la opinión sobre algo o alguien, fabricada en la subjetividad de otros. Comienza a leer sin demasiadas expectativas, porque son las altas expectativas las que casi siempre nos traen la anticipación, la ansiedad y la frustración de un resultado demasiado rígido. Deja ir tus defensas y también tus ofensas. Muchas veces no nos llegan los mensajes de aprendizaje porque estamos cerrados a escucharlos, verlos, sentirlos, aceptarlos.

Como siempre, en estos libros de lectura con propósito, he incluido una entrevista en la que contesto algunas preguntas que mi primer grupo de lectores hizo al leer el manuscrito, antes de haberlo publicado. Además, incluyo una sección de preguntas para ti, lector, donde espero que puedas anotar tus enseñanzas personales después de haber hecho esta lectura, así como diseñar un plan de acción al finalizar esta obra.

Mientras lees este libro, compártelo con tus amigos y ten en mente que ningún ser humano es una isla en sí mismo, sino parte de un infinito archipiélago de formas y vacío. Venimos a este mundo a coexistir como árboles en el bosque: todos bebemos del mismo suelo, respiramos del mismo aire, nos alimentamos de las mismas fuentes y cohabitamos el espacio. Cada uno de nosotros tiene derecho a reclamar su propio crecimiento, de acuerdo con nuestra capacidad de elevarnos y con la fortaleza de las raíces que hemos ido desarrollando a lo largo de los años. Juntos todos podremos compartir la sombra, danzar frente a los vientos, susurrar a las nubes, cantar bajo la lluvia, besar el rocío mañanero.

Así como el bambú es considerado en Japón y en otros países un símbolo de lealtad por su tallo vertical y elegante, convierte esta analogía en un recordatorio de en quién o en quiénes reposamos nuestra lealtad o fidelidad. Esta obra te invitará a pausar y a reflexionar en el camino.

Conviértete en bambú y sé parte de la naturaleza. Abrázala como compañía, y no como algo para conquistar. Así estaremos listos para viajar a Mapai, la comunidad bambú. Ve libre de equipaje. Allí te será entregado, sin cargo alguno, todo lo necesario para ser verdaderamente feliz.

Y el principito partió, pensando
en su flor. El séptimo planeta
fue, pues, La Tierra. La Tierra
no es un planeta cualquiera.

—ANTOINE DE SAINT-EXUPÉRY, *EL PRINCIPITO*[2]

EL SECRETO DEL BAMBÚ

MAPAI, HUÁSCAR, EL BAMBÚ

Aunque lo parezca, Mapai no es un vocablo indígena suramericano. Es un término lingüístico que viene del otro lado del mundo, de la hermosa Tailandia. Mapai no es más que una conciliación al español de *maptai*, que quiere decir *bambú* en el idioma tailandés. Pero a pesar de ser una palabra que viene de un idioma tan lejano al nuestro, Mapai es el nombre que elegí darle a la comunidad donde se desarrolla esta historia, un pueblo que palpita en medio de la selva amazónica peruana.

Nuestra historia empieza entonces en Mapai, en un lugar de la selva amazónica peruana, y sucede a finales del siglo XXI, en el año 2085 para ser más exactos. Para esta época las grandes distancias ya no existen, por muchas millas o kilómetros que separen a un punto de otro. Nada es extraño en un mundo de globalización extrema, en el que, en un abrir y cerrar de ojos, nos enteramos de lo que sucede en la otra mitad del planeta o, por bondad de la realidad virtual —ya aparentemente más real que virtual—, exploramos mares recónditos y rincones desconocidos en el momento que nos plazca. El globo terráqueo se ha convertido en una minúscula pelota de ping-pong, en medio de los enormes tentáculos de la tecnología y sus redes sociales.

Tailandia es un país asiático muy distante de América, es cierto, pero, en estos tiempos un americano lo tiene a su alcance real —no virtual— en apenas un par de horas de vuelo a bordo de uno de esos modernos y gigantescos cruceros aéreos. Muchos de ellos están impulsados ya por energía solar y estremecen los cielos de aquí para allá y de allá para acá. ¡Ya nada queda muy lejos y las diferencias entre lo de aquí y lo de allá son casi inexistentes!

Además, la espiritualidad nunca ha tenido fronteras, y Mapai, sustentada sobre la rica tierra amazónica, es el resultado de lo que el viejo Huáscar, su guía y fundador, califica como la globalización de lo espiritual; o sea, de ese atributo que distingue al ser humano, que lo motiva, que lo impulsa a cumplir su misión en la vida y ser útil. **¡La espiritualidad llena de sentido la existencia porque es su esencia misma!**

Los conceptos que sustentan la comunidad de Mapai no son regidos por ninguna idea fundamentalista, todo lo contrario: cada cual da rienda suelta a su manera de ver el mundo, con la única premisa de respetar los puntos de vista de sus semejantes. La espiritualidad y la libertad son tan fuertes y reales allí como la propia selva que los rodea.

Mapai es minúscula, pero heterogénea. Las personas que allí viven proceden de todas partes del globo. Pertenecen a culturas disímiles; sin embargo, las aglutina un propósito: cumplir su misión en la vida y ser útiles, guiados, por supuesto, por el viejo Huáscar. En su diario vivir toman como símbolo de inspiración al bambú; planta universal, noble, fuerte y espiritual.

Mapai se encuentra en el mismo corazón de la Amazonía peruana. Se asienta en territorio peruano porque Huáscar, su guía y fundador, nace en Tarapoto, una bella ciudad amazónica. No se encuentra en este intrincado paraje por el mero hecho de satisfacer un regionalismo banal, sino como forma de reconocer, ante todo, la profunda espiritualidad que profesan los hijos de esa nación andina, sobre todo aquellos que viven en la Amazonía. No obstante, si tenemos en cuenta los valores de índole mundial que proyecta y defiende, pudo haber sido erigida en los Apalaches, en la sierra de los Balcanes, en los campos helados de los Países Bajos o en la propia Tailandia. De Mapai, lo que menos importa es su ubicación física. Su trascendencia real radica en lo espiritual y eminente de su mensaje.

La Amazonía peruana es una de las áreas con mayor biodiversidad y endemismos del planeta, y, aún a finales del siglo XXI, sigue siendo la región de ese país andino con menos población humana.

Sin embargo, a pesar de tener la menor densidad poblacional de la nación, es la más diversa, antropológicamente hablando. La mayoría de sus etnias autóctonas aún se asientan en la Amazonía, todavía se hablan allí el grueso de las más de 40 lenguas nativas de Perú.

La necesidad perentoria de comprensión y cuidado que requiere una zona selvática como esta, víctima durante siglos de los más oscuros sentimientos que brotan de la avaricia humana, es otro de los motivos que impulsan a Huáscar y a sus seguidores a fundar Mapai precisamente allí, en ese apartado lugar muy cercano a la confluencia de los ríos Nanay, Napo y el Amazonas.

El Nanay y el Napo, mucho más pequeños que el caudaloso Amazonas, contribuyen con sus aguas a la gloria del gigante. Es a partir de ese encuentro majestuoso que el Amazonas comienza a alcanzar sus ciclópeas dimensiones y su grandeza. Nace e inicia su crecimiento en Perú. Apenas siendo un joven corpulento, llega a Colombia, la atraviesa por el sur, a ras de fronteras, adquiere más fuerzas y se alista para el gran desafío de su vida: traspasar Brasil con la fastuosidad y elegancia que le exige esa colosal tierra.

La selva brasileña lo venera y hasta lo mima. Casi duplica su cuerpo de agua, ya de hecho imponente. De hacerlo se encargan otras poderosas corrientes fluviales como la del Río Negro, de una bondad infinita. El Río Negro, por sí solo, puede ser el protagonista de cualquier manual de geografía; sin embargo, cede al Amazonas su largo y oscuro caudal, y con él parte de su grandeza, después de recorrer miles de kilómetros, atravesar dos países y dejar esperando al Orinoco con los brazos abiertos. ¡Así se es de solidario en la Amazonía!

Durante su cruce por Brasil, la corriente del Amazonas llega a contener más agua que el Nilo, el Yangtsé y el Mississippi juntos. Su unión con la selva es armónica, están hechos el uno para el otro, en concordancia eterna.

Termina su recorrido en el mar, después de marchar por Brasil con la majestuosidad de un desfile del sambódromo. Su golpe contra el agua salada es tan estupendo, que es capaz de endulzarle más de doscientos kilómetros del océano Atlántico. ¡Cuánto poder y grandeza! Por supuesto, el poder del más gigante de los ríos también atrae a los habitantes de Mapai. En Perú, el Amazonas es más joven, menos impresionante, pero también lleno de fuerza, de vida y de una espiritualidad indomable.

En sus orillas, como si se conocieran de toda la vida, nace el bambú, sin distinción de especies. Puede verse esa planta por doquier, sobre todo en las cercanías de Mapai, empinando su largo, redondo y estrecho tronco hacia el cielo, tratando cada segundo de llegar más alto para nunca ser opacada por ningún arbusto.

Los habitantes de Mapai lo utilizaron en grandes cantidades para la construcción de sus viviendas, hace unos quince años, y, poco a poco, pagaron con creces su deuda con el río y la selva. La siembra del bambú no se detiene; es intensa y lo seguirá siendo mientras exista Mapai. No solo porque es la base de su desarrollo material, sino también por sus cualidades no tangibles, convertidas aquí en símbolo, que sirven de paradigma al profundo mundo espiritual que sustenta los quehaceres de sus habitantes.

Utilizan el bambú no solo en la construcción de viviendas. También para tubos conductores de agua, el amurallamiento de la villa, tejidos, papel, alimento, puentes, escaleras, medicina natural e instrumentos musicales, entre otros muchos. El bambú hace gala de la misma utilidad y nobleza que distingue a su principal hábitat americano: la selva amazónica.

Mapai es pequeña, solo se compone de cincuenta —quizás sesenta— viviendas con estructuras, por supuesto, de bambú. La habitan el mismo número de familias, unas venidas de aquí y otras de allá, dispuestas a reverenciar a la naturaleza y a escapar de un mundo desarrollado, muchas veces agobiante y embrutecedor. Quieren demostrar que el ser humano no requiere de riquezas materiales extraordinarias para alcanzar la felicidad. Esta puede surgir de lo más simple y lo puramente cotidiano.

Una frase de Teresa de Calcuta, impulsa y llena de optimismo a todos, se transforma en un incentivo diario: «*No es cuánto hacemos, sino cuánto amor ponemos en lo que hacemos».*[1] Mapai, la comunidad del bambú, es producto del amor, es una gota de agua cristalina en medio de este turbio mar de modernidad y derroche.

Desde lo alto, si se observa a bordo de las miles de naves y satélites artificiales que merodean la tierra a finales del siglo XXI, se define fácilmente su trazado circular en medio de la selva. Su centro es dominado por una amplia explanada al estilo de las antiguas villas españolas, fundadas durante la conquista de América, definidas todas por una plaza central.

Sin embargo, más que un simple e inocuo calco de aquellos emporios hispanos, Mapai toma el diseño circular siguiendo las costumbres de muchas civilizaciones indígenas amazónicas, las cuales, aún en estos tiempos de modernidad extrema, construyen sus caseríos de manera circular. También lo hacen en forma de ovoide.

Construyen así, entre otras razones, buscando mayor seguridad, para evitar que algún animal, de los tantos que merodean la zona, por ligero o astuto que sea, pueda ingresar en el área interior de la comunidad, en la que, durante muchas horas del día, se concentra un gran número de personas y juegan los niños.

En el centro de la plazoleta de Mapai se levanta una pequeña, pero moderna, escuela de bambú. Los niños, allí, se educan en medio de la selva, pero disponen de equipos de última generación llevados por los propios habitantes y por organizaciones internacionales defensoras de los animales y la naturaleza amazónica. Ellos apoyan con recursos de todo tipo el «Proyecto Mapai», como lo nombra Huáscar, su líder y fundador.

No es intención de sus habitantes rechazar los adelantos tecnológicos que el hombre ha sido capaz de crear con ingenio e inteligencia. Mucho menos negar los beneficios que de ellos se derivan. Solo pretenden demostrar que pueden ser felices viviendo en plena armonía con la naturaleza, de manera sencilla, diríase que hasta rudimentaria en algunos aspectos; pero sin renunciar a muchos de los avances científico-técnicos de la época, sobre todo los relacionados con la salud de los seres humanos y los animales, las comunicaciones y todos aquellos que no dañan de algún modo la conservación de la naturaleza y el medio ambiente.

Otro de sus intereses esenciales radica en educar a los niños en un contexto natural y sano, rodeados de amor, inducirlos a cuidar el medio ambiente como factor esencial de la vida, alejados de la violencia y la contaminación que maltratan a las grandes ciudades. Aquellos que habitan Mapai no se proponen vivir allí, en medio de la selva, toda la vida; aunque quien lo desee puede hacerlo; nada se lo impide.

Ellos se han trazado, como propósito fundamental, experimentar un estilo de vida íntegro en estrecha unión con la naturaleza, guiados siempre, según ilustran las ideas de Huáscar, por la espiritualidad que emana del noble bambú, planta a la que reconocen sus virtudes, pero que no idealizan ni adoran. Mapai no es una congregación de fanáticos, sí de emprendedores sociales pacifistas y ecologistas.

Todas las experiencias positivas que les proporciona ese estilo de vida —que no es salvaje, pero sí lo más natural y primario posible— servirán para que, cuando decidan abandonar la villa —si es que lo hacen—, cada uno sea portador de un mensaje de amor y paz de Mapai al resto del mundo. Un mensaje ilustrado con la espiritualidad y nobleza que distingue al bambú. Cada habitante de Mapai, una vez que sale de la villa, se convierte en un embajador de la Amazonía, dispuesto a pregonar su hermosa experiencia en cada rincón de este mundo civilizado, pero muchas veces caótico, de finales del siglo XXI.

Quienes pueblan la villa, la consideran un canto a la especie humana y a sus posibilidades de vivir en un mundo diferente, sin renunciar a ser libres, modernos, creadores y respetuosos. Un mundo que permita a los hombres existir en armonía con la naturaleza y entre ellos mismos.

La modernidad no es un estado sitiado dentro de las grandes ciudades, tampoco una privativa de las sociedades desarrolladas. ¡No es así! La modernidad se forja dentro de lo más íntimo del ser humano sin importar su lugar de estancia.

Para el viejo Huáscar, también medio filósofo, **la modernidad no es más que tener plena conciencia de lo que es ineludible hacer ahora mismo**.

El avance tecnológico ayuda, muchas veces es decisivo, a la hora de alcanzar grandes propósitos en la vida, eso es innegable; pero cuando la tecnología marca toda una existencia, se corre el riesgo de dejarse arrastrar por ella. Si ocurre así, en ese justo momento, nos convertimos en sus esclavos y dejamos de ser nosotros mismos, nos trocamos en seres humanos ajenos al mundo real, incomunicados de la naturaleza y de nuestros semejantes, paradójicamente en la era de máximo esplendor de las comunicaciones, en medio de un planeta globalizado. **Cuando la tecnología nos domina, no somos más modernos, somos enajenados.**

La humanidad en 2085, a pesar del esfuerzo y la comprensión de muchos, se enfrenta, además, a otros problemas también muy serios: la contaminación, la exacerbada desigualdad social, la violencia, los ruidos inoportunos e incesantes, el ritmo enfermizo y acelerado de la vida y el vapuleado y universalizado estrés, sobre todos en las grandes ciudades, donde se amontonan millones de personas en medio de un enjambre tecnológico que sobrepasa por mucho las vitales exigencias humanas.

El afán —no la necesidad— de estar conectados siempre a algo conspira contra la propia esencia de la humanidad, sobre todo contra su rico mundo interior. Altera el tempo normal de la vida. 2085 es el año de los implantes subcutáneos en las grandes metrópolis. Han llamado «segunda piel» a esta generación de *gadgets* que son injertados debajo de la piel y que controlan hasta nuestros sueños.

Desde hace más de cien años, la tecnología avanza indetenible como una reacción en cadena. Lo que hoy es revolucionario, mañana es obsoleto. La avidez por el adelanto tecnológico muchas veces es incentivada por la más oscura de las cegueras humanas.

La tecnología no es mala en sí misma, todo lo contrario, es maravillosa; pero, en 2085, su uso inadecuado durante decenios la convierte en una amenaza real contra los habitantes del planeta, les distorsiona lo simple, lo eterno, lo elemental y lo bello.

Muchas veces, el viejo Huáscar, quien, además de medio filósofo, es arquitecto, maestro carpintero y músico, recuerda todo eso a los habitantes de Mapai, sobre todo a sus hijos Kamon, Khalan y Tania. También aprovecha sus palabras Yandú, la nana de Tania, conocedora de infinitas leyendas y relatos amazónicos. Tania es la más pequeña de los tres hermanos.

Los dos mayores sobrepasan los treinta años. Tania está muy cerca de cumplir los quince y es el fruto del segundo matrimonio de Huáscar, quien, con ochenta y cuatro años, vivió la tremenda experiencia de criar solo a sus tres hijos.

—Nada fácil —dice—, pero muy hermoso.

Muy cierto, para Huáscar ha sido hermoso, pero difícil, aunque en el caso de Tania, inmediatamente después de su nacimiento y la muerte de Sabrina, la madre, comienza a contar con los servicios de Yandú, la recta, complaciente y a veces nostálgica nana. Yandú se convierte en sombra y guía de la hija, para beneplácito y tranquilidad del padre. La confianza de Huáscar en Yandú es firme como una roca.

Al finalizar su jornada diaria, antes de dormir, el guía de Mapai acostumbra sentarse tras su escritorio. Allí disfruta de la brisa amazónica, que a esa hora temprana de la noche entra a raudales a través de la ventana, casi siempre abierta, de su habitación, en el tercer piso del llamado «palacio de bambú».

Huáscar, a estas alturas de la vida y persuadido de su delicado estado de salud, tiene la absoluta convicción de que su día final se acerca. Lo ha conversado con la nana, con los colaboradores más cercanos y con sus hijos mayores, Khalan y Kamon, con el propósito de prepararlos para el golpe; pero no ha tenido el valor de hacerlo con Tania.

Se dice: «Para ella todo será más difícil, pues es la menor. Khalan y Kamon contaron con mi apoyo, pero ella quedará sola siendo apenas una adolescente. Sus hermanos la ayudarán, no lo dudo ni un minuto, pero nunca será lo mismo. Tendré que hablar con Tania antes de que sea demasiado tarde. ¡Será duro, muy duro!».

Esta noche, el líder de Mapai se propone revisar el libro que, tras años de esfuerzos, ha finalizado de escribir. Sin embargo, no lo hace. Le parece más oportuno concluir un par de documentos a los cuales concede importancia trascendental. Los viene elaborando desde hace unas tres de semanas, a la vez que concluye el libro.

«Al menos, uno de los dos es clave para mantener viva mi obra, para que Mapai no desaparezca cuando yo no esté, para que no muera conmigo».

El viejo Huáscar teme que la villa del bambú, su gran sueño hecho realidad, desaparezca físicamente tras su muerte. Toma en sus manos el documento que considera el más importante y lee el título en voz alta.

—«Ser como el bambú». —Después, asegura con convicción—: ¡Sí, tendrá que ser como el bambú!

El nacimiento de Tania

Poco antes del nacimiento de Tania, sus hermanos, hijos del primer matrimonio de su padre, proponen muy seriamente un nombre de origen hispano para ella: Milagros. De vez en cuando, con cara de picardía, alguno de los dos sugiere que hasta se puede «sajonizar» el nombre y llamarla Miracle. Huáscar no se percata del porqué de la propuesta de ambos muchachos de llamar Milagros o Miracle a la niña que está por llegar.

No fue hasta un par de horas antes de su nacimiento, tomando muy a pecho la insistencia de los dos hermanos, que se decide a preguntarles.

—¿Por qué Milagros? Nadie en la familia se llama así, y en Mapai tampoco.

Kamon, el hijo mayor, cuyo nombre en tailandés significa «corazón y mente», se lo explica con cuidado, como quien está casi seguro de que comete una travesura.

—Lo que sucede, papá, es que ella fue concebida por un padre de 69 años y una madre de más de cuarenta. Khalan y yo somos del criterio de que es el resultado de un milagro divino.

Huáscar siente cómo sus mejillas enrojecen. Se rasca la cabeza.

«¡Cuánta imaginación!», comenta para sus adentros.

Khalan, el menor de los dos, callado hasta ese momento, apoya en parte la propuesta de Kamon.

—Lo que dice él, papá, tiene mucha lógica. No obstante, yo, más que un milagro divino, lo considero un milagro de la Amazonía.

La atrevida propuesta de los hijos pone a pensar a Huáscar. No lo considera un milagro divino, pero sí, es posible que sea un resultado de la vida en medio de ese ambiente al natural y muy sano del Amazonas, lejos de la contaminación, de los productos enlatados, de los conservantes sintéticos y los vegetales producidos casi artificialmente, con modificaciones genéticas para abastecer de alimentos a una población que ya sobrepasa por mucho la capacidad orgánica de producción de este planeta.

Sin embargo, lo del nombre de Milagros no lo convence. Ya él y su esposa, una gran lectora, adicta —aun en esa época— a los libros de hojas de papel y no a las páginas electrónicas, han llegado a la determinación de que la niña se llamará Tania. Es un homenaje a un gran escritor ruso del siglo XIX, Alexander Pushkin, quien escribió una colosal novela en versos, *Eugenio Oneguin*, cuya protagonista principal se nombra Tania, el diminutivo de Tatiana. Este personaje ha quedado para la historia literaria como el símbolo de fidelidad en el amor.

Muchos en Europa, sobre todo en la enorme Rusia, atribuyen a Tania el significado de «bella princesa». Se distinguen además las Tania, por ser nobles, discretas, amables y observadoras, son muy atentas y usan su sentido práctico en todas las áreas de la vida. En cuanto al amor, esperan sentirse seguras para demostrar sus sentimientos.

Un nombre con tales significados es el idóneo para una niña que ha de nacer y crecer en la comunidad de Mapai. Lo de «bella princesa» de los rusos viene también como anillo al dedo. Tanto

la madre como el padre, desde el mismo instante en que la eco-
grafía holográfica revela el sexo de la niña, coinciden en llamarla
«bella princesa del bambú» o, simplemente, «princesa del bambú». Es un homenaje a la ilustre gramínea que tantos beneficios
materiales y espirituales pone a disposición de los hombres y
mujeres de Mapai.

*Es cierto que la naturaleza, sobre todo en su estado más original, como el
de la Amazonía, unge de energías al organismo humano, piensa Huáscar. Lo
higieniza, le suministra aire puro, lo distancia de la contaminación, del ruido
sempiterno, del estrés que rige las sociedades de asfalto y concreto. Lo surte de
medicina natural extraída de hierbas, hojas y arbustos.*

La naturaleza les ofrece toda su bondad sin exigir obediencia
incondicional, aunque sí requiere respeto a sus leyes, no escritas
pero bien definidas. Todo lo que ella hace tiene el respaldo de su
propia legislación. **¡Si existe algo en esta vida que sabe lo que hace,
es la naturaleza!**

Huáscar, no obstante, se propone dar a conocer a la parturienta
el punto de vista de sus hijos, nada descabellado; pero, para hacerlo,
ahora deberá esperar a que finalice el sublime acto del nacimiento,
que se consume, en esos precisos momentos, en el pequeño salón
de la comunidad antes de la fecha oficial establecida por los médicos. ¡Todo Mapai está atento al nacimiento de la niña!

A pesar de la edad de su segunda esposa, Huáscar y ella, desde
el momento mismo en que se percatan del embarazo, no dudan en
protegerlo.

—Niño o niña, ¡nacerá!

Esa es la firme convicción de ambos, aunque persuadidos de
que nada será fácil, sobre todo, por la edad de ella —sobrepasa los
cuarenta— y algunas de sus dolencias.

Ambos, ya resueltos, no son ajenos al temor. Viven convencidos de que no la transgreden, pero de que en realidad marchan al borde de la ley de la naturaleza, caminan sobre sus límites y eso nada tiene de encomiable a pesar de los adelantos médicos de la época, casi todos a disposición de Mapai, por supuesto.

La ciencia médica, a finales del siglo XXI, más que interesarse por alargar el período fértil de la mujer, lanza todos sus medios tratando de controlar la natalidad. El mundo supera casi los diez mil millones de habitantes. Algunos países como China e India tratan de limitar al máximo los nacimientos, grandes centros urbanos superpoblados, como Ciudad de México, Pekín, Tokio, Moscú o São Paulo, se ven en la necesidad de extender sus áreas, tanto de manera horizontal como vertical. La altura de los edificios parece retar las nubes y las dimensiones de las ciudades rebasan la lógica de las distancias a pesar de los adelantados medios de transporte, muy rápidos y eficientes.

El viejo Huáscar y su esposa no son ajenos a esta delicada situación. Sin embargo, prevalece en ellos lo que llaman la convicción de la vida, aunque roce los límites de lo natural. El parto en el pequeño y moderno hospital de Mapai, un par de semanas antes de lo señalado, comienza con pronósticos reservados por parte del equipo médico. Por razones involuntarias, hay necesidad de adelantarlo. La decisión de ella, avalada por Huáscar, es salvar ante todo a la criatura. Los médicos obedecen la voluntad de ambos; sin embargo el parto se complica...

Hoy es 21 de marzo. La Amazonía vive uno de los meses más húmedos del año, aunque la lluvia y el calor no la abandonan nunca. El cielo permanece nublado, pero de momento no llueve.

La niña Tania llega al mundo bambú esa tarde de borrascas. Todos aplauden, pero su primer llanto brota como un quejido sordo, imposible de ser celebrado por el aún tibio, pero ya inerte, cuerpo de su madre.

La nana

Seis semanas después del nacimiento de Tania, una pesada tarde de mayo, cargada de humedad, llega a Mapai una mujer desconocida. Todos la reciben con la hospitalidad que distingue a sus habitantes. Viaja en uno de los tantos barcos que recorren el río de un lado para otro, llega hasta el pequeño embarcadero de Mapai, separado del centro de la villa a poco más de un par de millas, y atraviesa sola ese tramo de selva. Lo hace rápido, cuenta, por temor a que la sorprenda la noche. Desde que llega, expresa interés en hablar con Huáscar. Cuando lo tiene delante, le dice:

—Solo le pido que me deje establecer aquí, en la comunidad —le pide—. Trabajaré a la par de ustedes, me comportaré a la altura de ustedes, tenga confianza en mí.

—¿De dónde viene? —pregunta Huáscar.

—De Iquitos.

—¿Vive allí?

—No, señor.

—¿Dónde vive?

—Muy lejos —responde ella.

El viejo líder de Mapai la observa en silencio. «Muy lejos» quiere decir que no tiene interés en revelar su punto de partida real, analiza Huáscar, pero respeta su decisión y no repite la pregunta.

Algún motivo tendrá, piensa.

Ella tiene las facciones típicas de una aborigen amazónica, pero estilizada, como si le hubiera soplado una ráfaga de civilización ciudadana, sobre todo en su rostro. Aparenta no mucho más de treinta años, es más joven que la difunta madre de Tania. Estatura mediana, delgada —aunque nada débil—, piel canela clara, pelo corto, trigueño y lacio. Su dentadura es perfecta y muy blanca; sus ojos grandes, hermosos y muy negros. Viste botas altas, pantalón y camisa ancha con bolsillos por todas partes. Aparenta ser uno de esos exploradores que se dan a la tarea de llegar hasta el mismo corazón amazónico. Como equipaje, solo lleva una mochila y una pequeña bolsa refrigerada.

Huáscar asume como un logro del Proyecto Mapai que ella muestre interés en vivir en la comunidad; pero cree necesario percatarse de los verdaderos sentimientos que impulsan a la extraña visitante.

—Mapai ha recibido a muchos desde su fundación, hace más de cinco años —le comenta Huáscar—. Otros, sin embargo, la han abandonado por razones diversas. Todos somos libres aquí, ningún reglamento o juramento nos prohíbe abandonar la villa, todo lo contrario. Mapai es la libertad de vivir junto a la naturaleza, de respirar junto a ella, de ser ella misma.

Inyecta más fervor a sus palabras.

—¡Se es tan libre aquí, como los animales y el viento de la Amazonía misma! ¡Como el bambú cuando rompe el suelo y comienza a crecer!

—Eso aumenta aún más mi interés en ser aceptada, señor Huáscar.

—¡Cuánto me alegra!... Pero, por supuesto, me veo en la obligación de establecer premisas. Si usted admite que podrá cumplirlas, no existen razones para que no sea bienvenida en nuestra comunidad.

—¿Cuáles son esas premisas? —Lo pregunta con cierto grado de preocupación.

—Como se habrá percatado, el bambú es la fuente natural que nos mantiene aquí, en Mapai. El bambú forma parte indisoluble de nuestras vidas. ¿Conoce el bambú?

—¡Tanto que me considero su descendiente directo!

—¡No me diga!

—Sí, se lo digo. Nací y me crié bajo el aliento del bambú.

A Huáscar le habría gustado preguntarle: «¿Dónde?», pero recordó su respuesta de: «Muy lejos» y prefiere no pecar de indiscreto.

—¿Alguna vez ha experimentado su espiritualidad? —pregunta con cierta reserva.

—Todo el que ha nacido y se ha criado bajo su sombra ha experimentado su espiritualidad en algún momento de la vida. Yo, le prometo, no soy una excepción... pero no puedo engañarlo.

—¿Engañarme en qué?

—No lo engaño cuando le afirmo que nací y me crié bajo el aliento del bambú, pero existen en mí, además, intereses personales que me motivan a vivir aquí, en la selva.

Huáscar la advierte precisa y sincera en sus respuestas, hasta con cierto aire de filósofa.

¿Qué intereses pueden moverla? Solo lo piensa.

En ese preciso momento, el llanto de Tania rompe la conversación. Dialogan en el portal de la vivienda más ancha y hermosa de Mapai, la que todos llaman el palacio de bambú. Fue construida por Huáscar, su esposa y sus dos hijos en unas cuantas semanas, cuando Mapai crecía a la misma velocidad de la noble planta. Es una obra maestra y casi un templo donde se aprecia la excelencia del bambú en sus múltiples usos para la humanidad.

—Venga, acérquese —le sugiere Huáscar—. Y perdone mi descortesía, no la invité a sentarse.

—No se preocupe, señor.

Ella lo sigue. Traspasan el umbral de la puerta y van directo hasta la pequeña cuna desde donde proviene el sollozo de la criatura. Dentro, todo está decorado con el más exquisito gusto por la simplicidad. Sobre la cuna, un sonajero de bambú acaricia los oídos de la bebé con los leves toques de viento que entran desde las amplias ventanas del salón.

—Le presento a Tania, la princesa bambú.

La niña sigue sollozando.

—¡Qué preciosidad! ¿Puedo cargarla? —pregunta ella con cautela.

—¡Por supuesto que puede! Si la cargo yo, ¡cómo no va a poder hacerlo usted!

Tras una leve sonrisa por la ocurrente manera de aceptar su pedido, la recién llegada levanta a Tania de la cuna, construida también con pequeñas cañas de tierno bambú, tan tiernos como la propia niña. La toma entre sus brazos. Inmediatamente la niña deja de llorar. La mujer la mece, al parecer la disfruta.

—¿Le puedo decir una cosa, señor Huáscar?

—Sí, cómo no... Aquí en Mapai todos podemos decir lo que queramos. Eso a veces es malo, porque hay algunos que hablan más de lo que escuchan, pero no parece ser su estilo. A ver... ¿qué me quiere decir?

—Esta criatura extraña los brazos de una madre.

El padre no puede disimular su sorpresa.

—¿Cómo lo sabe, quién se lo ha dicho?

—Ella me lo ha dicho.

—¿Quién es ella?

—La niña.

—¡La niña!

—Sí, la niña, con solo cargarla puedo escuchar todos sus secretos.

—¿De verdad? —pregunta Huáscar extrañado.

—Créalo, es verdad. ¡Mírela!

Huáscar observa el rostro de su hija.

—Ya no llora y ahora hasta se ríe, parece feliz.

La mujer entona una canción de cuna. Lo hace en una lengua que el viejo líder de Mapai no domina, pero que puede identificar sin problemas: el arawak. Algunas comunidades indígenas de esa zona de la Amazonía peruana aún la hablan.

Tania se entusiasma aún más. Parece que se transporta de la realidad, canta en esa lengua nativa cuyo sonido fluye como parte de la misma naturaleza amazónica. Huáscar disfruta el momento, despeja sus dudas. Es una hija más de la selva, pero hace mucho tiempo que vive fuera o nunca lo ha hecho... Según dice, viene de «muy lejos». ¿Cómo se explica? ¿De cuán lejos viene? ¿Por qué tiene necesidad de vivir en la selva? Ella detiene la melodía, devuelve la sonrisa a Tania y le acaricia la delicada barbilla. La princesa bambú le paga con otra sonrisa.

—Le voy a ser más sincera. —La mujer levanta la vista y mira el rostro del padre—. Cuando la sentí llorar, pensé que era su nieta, pero ahora, en estos momentos, ella me dice que usted es su padre. —Lo afirma como con cierto aire de descubrimiento. Huáscar se rasca la cabeza. Es su manera típica de reaccionar, en medio de un momento quizás embarazoso como este—. No es su nieta, me lo ha vuelto a decir... Es su hija, ¿verdad?

—Sí señora, con mucho orgullo y amor le digo que ella es mi hija. ¿Y quiere que sea yo quien le diga ahora una cosa?

—No faltaba más, dígamela —responde ella, pero volviendo la vista nuevamente hacia la pequeña criatura.

—Desde que nació es la primera vez que sonríe.

—No se imagina cuánto me alegro, señor Huáscar.

La mujer comienza a dar cortos paseítos con la niña por la amplia y fresca habitación. Se encuentran en la sala o recibidor principal, en la planta baja del llamado palacio de bambú, una verdadera joya digna del talento de un artesano arquitecto y, a la vez, de un excelso carpintero. En Mapai, cada familia construye su vivienda, pero todas, de una manera u otra, son influenciadas por la experiencia y los conocimientos de Huáscar. No obstante, el palacio de bambú sobresale entre todas las demás por su donaire y belleza. La magnificencia del noble bambú destella, adquiere con él su máximo esplendor.

Sin detenerse, la recién llegada retoma la conversación.

—¿Cómo dijo que se llama la niña?

—Tania, se llama Tania.

—¡Tania, qué bello! Un nombre de procedencia latina.

—No, no es latino —replica Huáscar—. ¡Es eslavo, señora mía! Más bien ruso.

Ella sonríe.

—Es cierto, señor Huáscar, es un nombre ruso, pero su procedencia es latina, ¡se lo aseguro!

—¡Latina!

—Viene de Tatius, un rey sabino. Las razones por la que los rusos lo tomaron y lo hicieron suyo, no las sé.

—Le confieso que desconocía todo eso. Su madre tomó ese nombre de una famosa novela rusa.

—*Eugenio Oneguin* —afirma la mujer sin dejar de contonear a la pequeña Tania.

—Esa misma.

—¡Hermosa novela! —Ella mira a los ojos de Huáscar sin dejar de moverse—. ¿Me dijo que la llaman la princesa bambú?

—Así mismo.

—Si me acepta en la comunidad, le aseguro que no solo será la princesa, sino también la reina bambú.

—¿La reina bambú?

—Sí, señor. ¿Ella nació aquí, verdad?

—Sí, nació aquí.

—Señor Huáscar, una princesa puede vivir toda la vida a la sombra del monarca y nunca llegar a ser reina. Tania no solo debe vivir a la sombra del bambú. Nadie mejor que ella, nacida bajo sus tallos, para llegar a ser como él y proyectar la misma sabiduría, fuerza y bondad que lo caracterizan.

—¿Me ayudaría a lograrlo?

—Por supuesto que sí. Los habitantes de Mapai viven bajo el reinado del bambú. Si logramos que Tania, más que cobijarse bajo sus tallos, sea como él, ¿por qué no ha de ser la reina?

—¡La reina del bambú! —exclama Huáscar con orgullo—. ¿Cómo se llama usted, señora? Digo... si es que se puede saber...

—Yandú, mi nombre es Yandú.

—¿Ese nombre es indígena?

—No sé. Creo que sí.

—¡No sabe, solo cree! —responde entre asombrado y escéptico.

—Sí, solo creo.

Ella, entusiasmada con la reacción de Tania en sus brazos, no mira a Huáscar. Solo tiene ojos para la bella princesa bambú.

—A ver, señora, dígame, por favor, dónde aprendió a cantar en arawak.

—¿En arawak...? Yo nunca he cantado en arawak.

—Señora Yandú, yo no domino esa lengua, pero la reconozco, y usted acaba de cantar en arawak.

—Nunca he cantado en arawak, se lo aseguro, señor Huáscar, se lo aseguro...

—¿Usted me dice que nunca?

—¡Nunca!

Huáscar no insiste. Se persuade por completo de que la recién llegada no está dispuesta a hablar mucho más sobre sus orígenes, pero su instinto le dice que es una buena mujer.

Los habitantes de Mapai se dedican a la agricultura, la recolección de frutos de la selva, la pesca, la protección del caserío, la confección de tejidos y enseres domésticos, la exploración de usos y reproducción del bambú, reparación de viviendas, jardinería, mantenimiento de la salud y la educación de los niños, entre otras labores más; todas establecidas respetando las estrictas leyes de la naturaleza. Nada puede contradecirla. Por el contrario, toda acción de los habitantes de la villa tiene la obligación de proteger a la Madre Tierra.

Algunos, los más capacitados en ciencias físicas, astronomía y otras ciencias, se encargan de investigar las consecuencias del calentamiento global y el efecto invernadero en la Tierra, una labor encomiable, por cuanto la humanidad vive un momento crucial, marcado por el descongelamiento de la capa de hielo antártico, que ya ha traído como consecuencia la elevación del mar casi medio metro, comparado con su altura a finales del siglo XX.

Sin embargo, la situación no es tan dramática como la pronosticaban algunos científicos, quienes llegaron a afirmar que para finales del XXI el mar se elevaría hasta veinte metros, comparado

con su nivel cien años atrás. No ha sido así, no acertaron esos científicos, para el bien de todos. No obstante, muchas zonas costeras
del mundo corren el riesgo de ser ocupadas por los océanos, en
particular las del Atlántico americano, incluido el Caribe.

La temperatura promedio a nivel mundial ya ha aumentado
más de dos grados, las lluvias se intensifican, el frío se hace más
fuerte y el calor alcanza niveles agobiantes. Las tormentas, sobre
todo en regiones como la Amazonía, son mucho más frecuentes
que un siglo atrás.

Esa realidad es resultado directo del calentamiento global, induci-
do por la negligencia y la acción inescrupulosa del ser humano, quien
ha saturado la atmósfera terrestre durante décadas de los llamados
gases de efecto invernadero, como el dióxido de carbono y el metano.

Ese contexto es uno de los argumentos cardinales que sustenta la necesidad de una comunidad como Mapai, que muestre al
mundo que se puede vivir feliz en colectividad, de forma sana y sin
dañar a la naturaleza, más bien cuidándola y respetándola.

Yandú, por solicitud expresa de Huáscar, no desempeñará ninguna de estas tareas señaladas anteriormente. Se consagrará, únicamente, a la crianza de Tania. Será su nana y, a la vez, su educadora
principal. Tiene la función esencial de instruirla bajo los precep-
tos de la naturaleza, haciendo énfasis en la filosofía del bambú, esa
planta maravillosa que guía los pasos y posibilita la existencia de
Mapai, un conglomerado humano marcado por el trabajo, las relaciones interpersonales y el amor.

—¡Mapai es amor! —repite constantemente el viejo Huáscar.

Yandú asume la responsabilidad de criar a la niña, en medio de
ese ambiente de amor, y hace suya la responsabilidad de convertir-
la, tal que lo ha prometido a su padre, en la reina bambú.

—Ella misma se ha ofrecido para eso, ¡ese ha sido su compromiso! —le dice Huáscar a todos.

El líder de la comunidad se siente muy feliz de que una mujer como Yandú haya llegado a Mapai, como aquel que dice, caída del cielo.

Además del inmenso dolor que provocó la muerte de su esposa Sabrina, dejó un vacío enorme en su vida, lo llenó de preocupaciones, le convirtió la existencia en una madeja interminable de dudas enrevesadas. *¿Dispondré del tiempo necesario para ver crecer a Tania?* —se pregunta—. *¿Al menos podré mostrarle el camino correcto en la vida, aunque no pueda acompañarla largo tiempo en ese recorrido?*

Al rato de su conversación con Yandú, el guía de Mapai se toma unos minutos de descanso, sube hasta la tercera planta del palacio de bambú y se echa boca arriba sobre su camastro. Sin embargo, su mente no toma respiro.

—Es un desafío tener hijos a esta edad, pero fue así. Los dos estuvimos de acuerdo. Ahora solo queda luchar y criarla según los valores que ambos acordamos.

Más que temor, es su agudo concepto de la responsabilidad lo que inquieta a Huáscar.

—Pero, ¿solo podré lograr los objetivos que Sabrina y yo nos propusimos a la hora de enfrentar el embarazo? ¿Se sentirá Tania orgullosa de ser hija de Mapai? ¿Alcanzaré ese cometido?

Desde la muerte de su esposa, lo martillan las dudas.

—Lo peor de todo es que no son ese tipo de dudas que te propones despejar y no paras hasta que lo logras —habla para sí en voz baja—. Lo peor de estas dudas es que únicamente se despejarán con el tiempo, en la medida que corren los años y Tania crece, cuando ya sea una adulta. ¡Cuando yo quizás no esté, caramba!

No es que deje de ser optimista, una virtud que lo ha acompañado durante toda su existencia. Huáscar lo es y, como tal, tiene la virtud de confiar en sí mismo. Ahora bien, los seres optimistas también tienen derecho a dudar, pero están dispuestos siempre a despejar todas las dudas que aparecen en el camino. Y no solo eso. Están preparados psicológica y espiritualmente para sacarle provecho y aprender de ellas.

Un optimista, y Huáscar lo es, vive consciente de que lo dañino no es dudar, sino dejarse vencer por la duda. Por esta razón, entre otras, triunfa. Al longevo guía, ahora tumbado sobre su cómodo camastro, en medio de una fresca tarde de mayo amazónico, lo que le preocupa es no tener tiempo para despejar esa duda.

«Tengo una edad avanzada y me he quedado viudo con una hija recién nacida. ¡Es como para desvelarse! Sus hermanos la ayudarán, no lo dudo ni un minuto, pero nunca será lo mismo. Será muy duro para ella».

En el caso del embarazo de Sabrina, su optimismo se sostuvo, precisamente, teniendo en cuenta a la madre, que ahora no está.

Sin embargo, aunque no la conoce, apenas acaba de llegar, el sentido de la intuición le dice que Yandú puede ayudarlo mucho en la crianza de Tania. Eso no lo tranquiliza por completo, pero amasa ciertas esperanzas en medio de tantas preocupaciones. Hace que, en parte, se fortalezca esa fe que lo ha sostenido siempre.

«A falta de su madre —concluye Huáscar—, Yandú parece ser una persona correcta. Por supuesto, nunca como Sabrina, pero no puedo pedir tanto. Khalan y Kamon no tuvieron la oportunidad de una nana. Para ellos fue mucho más crudo, pues vieron irse a su madre siendo muy jóvenes. ¡Qué triste! La muerte siempre ha marcado el camino de mis amores».

Huáscar da rienda suelta a los recuerdos. No se deja arrastrar por la nostalgia del pasado, pero vive convencido de que, una vez más que otra, hay que recurrir a él, reevaluarlo con el punto de vista del presente y transformarlo en una fórmula eficaz para el futuro. «Hay que saber beber del pasado en el presente, para caminar hacia el futuro». De eso vive convencido.

Por esa razón, en no pocas ocasiones, su mente vuela atrás. No con el ánimo de anidar en los árboles de aquellos tiempos pasados, que ya no volverán a crecer, sino para regresar al presente, dispuestos a enfrentar el camino que le depara la vida, persuadido de que siempre existirá una cima aún más alta que conquistar.

Habituado a la meditación, logra transportarse hasta lo más recóndito de su ser con una facilidad asombrosa. Y, desde allí, en contubernio con su espíritu, puede salir a retar el espacio y el tiempo.

Acostado en su camastro se dispone a meditar. Sabe muy bien que no es la manera correcta de hacerlo, pero, en definitiva, se convence a sí mismo, tampoco es la hora del día que dedica a esa práctica, no hay por qué seguir todas las reglas, se dice y se lo cree. Su momento oficial para meditar es la mañana, bien temprano, apenas se levanta, antes de ver alzarse el sol.

Son más de las seis de la tarde y comienza la lluvia en la Amazonía, nada extraño. La fresca brisa se cuela por la ventana con un olor a tierra mojada digno de los dioses del Olimpo, como suele decir cuando las cosas son grandes y hermosas.

Aunque incumpla los estrictos reglamentos de los maestros ecuménicos de la meditación asiática —se dice a sí mismo—, *voy a meditar un rato.*

A Huáscar se le antoja meditar a esta hora de la tarde, ya casi de noche, sobre su camastro. ¿Quién le dice que no? Es un mapayano libre, sabe que no es la posición correcta, pero se dispone a romper los estrictos reglamentos de los «ecuménicos maestros asiáticos», como él mismo los llama. Lo que quiere hacer es más que una meditación contemplativa o con algún tipo de mantra. Es un viaje por su memoria.

Se propone regresar al pasado, cuarenta años atrás... Durante los últimos días solo ha pensado en Sabrina, la madre de Tania. Se siente culpable por no estar pensando tanto en Narissara, la hermosa tailandesa capaz de engendrar dos hijos de la talla de Kamon y Khalan, y conducirlo a él, como marido, por los caminos de la espiritualidad del bambú.

Huáscar interioriza ahora la necesidad de recordarla, de rendirle homenaje, para que ella sepa, donde quiera que esté, que siempre permanece junto a él.

Durante su adolescencia y juventud, Huáscar nunca valoró las bondades espirituales del bambú, ni su hermoso ejemplo, ni la profunda filosofía de vida que proyecta, a pesar de haber sido siempre un practicante activo de yoga y un admirador probado de la cultura y la sapiencia asiáticas.

Esta devoción se le incrustó en el alma desde muy pequeño, cuando se sentaba, día a día, a observar a sus padres, recogidos, inmersos en la más profunda de las meditaciones.

Poco a poco, imitando su ejemplo, leyendo libros de yoga y tomando muy a pecho sus consejos, el joven Huáscar inicia la exploración de su mundo interior, logra conocerse profundamente desde muy temprana edad, imbuido, entre otras, por las ideas de un famoso pensador indio de la época, Deepak Chopra, quien profesa en su obra la necesidad de autoconocernos mejor cada día, de meditar, para lograr conocer nuestra fuente de conciencia pura y conocimientos, que es en definitiva la que posibilita la interrelación entre el yo interno y el mundo que nos rodea.

Ahora, extasiado por el olor a tierra húmeda que arrastra el viento amazónico, Huáscar comienza a meditar, desciende hasta lo más profundo de su yo interno. Desde allí disfruta una libertad plena, sin ataduras... Desde allí viaja, navega libre como la misma brisa... Vuela al pasado...

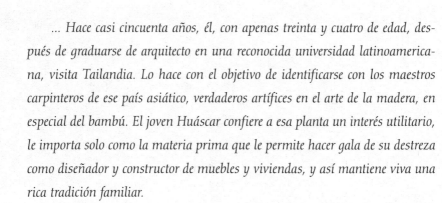

... Hace casi cincuenta años, él, con apenas treinta y cuatro de edad, después de graduarse de arquitecto en una reconocida universidad latinoamericana, visita Tailandia. Lo hace con el objetivo de identificarse con los maestros carpinteros de ese país asiático, verdaderos artífices en el arte de la madera, en especial del bambú. El joven Huáscar confiere a esa planta un interés utilitario, le importa solo como la materia prima que le permite hacer gala de su destreza como diseñador y constructor de muebles y viviendas, y así mantiene viva una rica tradición familiar.

Desde siempre ha escuchado decir que Tailandia es la tierra de los elefantes y el bambú. A decir verdad, los nobles paquidermos no le interesan mucho. Admira su grandeza y lo útiles que aún siguen siendo para los habitantes del país, pero no siente nada más por ellos. Sin embargo, la gramínea llama su atención, lo atrae. Él conoce los enormes beneficios materiales que proporciona, además de su bajo costo.

Lo que no se imagina el joven Huáscar es que sus concepciones utilitarias en torno al bambú, paradójico teniendo en cuenta su profundo sentido de lo espiritual, se ensancharían y comenzarían a dar un vuelco a partir de ese, su primer viaje a la bella Tailandia.

Ni se imagina que el bambú, más que en una materia prima idónea para sus propósitos profesionales, se convertiría a partir de ese momento en alimento para su espíritu, lo transformaría en un ser humano con mayores y aún más profundos valores éticos.

Una nublada tarde de septiembre, húmeda y calurosa, Huáscar recorre los exteriores de uno de los tantos templos budistas que existen en Tailandia. La belleza y la originalidad de la arquitectura tradicional tailandesa lo desvían reiteradamente de su objetivo principal, o sea, las bondades materiales del bambú, para inclinarlo hacia la contemplación y el análisis profesional de esas construcciones, muchas de ellas milenarias; para estudiarlas y crearse una opinión en torno a las soluciones estructurales que ofrecen sus diseñadores y constructores.

De paso, se relaja, respira, disfruta hasta del agradable olor a incienso que emana del interior del templo y que se mezcla con el aroma de las flores silvestres y la rica vegetación que rodea los sagrados recintos. En momentos como esos, recuerda a sus padres, sentado en flor de loto, con los ojos cerrados, impávidos, meditando, recorriendo las partes más sagradas de su ser.

Piensa: ¡Cuánto ingenio y derroche de paciencia a la hora de concebir y levantar cada uno de estos templos!

El asombro invade al joven graduado de arquitectura. Huáscar no pretende entrar al templo, solo lo recorre y lo admira desde su exterior, el respeto que siente por todas las religiones, sobre todo cuando no conoce sus rituales, como le sucede con el budismo, hace que nazca en él cierta aprensión a la hora de enfrentar íconos y altares. Si algo ha de respetarse en la vida es la espiritualidad ajena y la manera en que se manifiesta. Así piensa y actúa.

Está consciente de que Dios es uno para todos, pero cada cual lo adora a su manera, según su cultura y sus tradiciones. Teme ser indiscreto o comportarse erráticamente en un espacio venerable para otros. Nunca se lo perdonaría.

Aquella tarde de septiembre, un tanto enajenado por la belleza natural del paisaje y por el ambiente sosegado y lleno de buenas energías, Huáscar no se percata de la trampa que le prepara la naturaleza tailandesa.

Intensos nubarrones comienzan a cubrir el cielo como una enorme capota gris con pespuntes negros. Escapa al joven Huáscar el intranquilo movimiento de las oscuras nubes, casi dispuestas ya a descargar, de un momento a otro, todo el líquido almacenado en sus entrañas.

Las primeras gotas de agua, casi tibias, gordas y pesadas, lo sorprenden y lo ubican en tiempo y espacio.

En ese instante, se percata de que está de pie, en la cima de la diminuta colina donde radica el pequeño y apartado templo budista. Asciende hasta allí retando más de doscientos cincuenta empedrados escalones, imposibles de desandar ahora sin sufrir las húmedas consecuencias del inmenso aguacero tropical que se avecina. En lo alto, los nubarrones dan la sensación de no aguantar más.

Huáscar no lo piensa un par de veces, no le queda otra alternativa que hacer una justificada excepción esa tarde y subir, casi corriendo, la media docena de escalones que lo separan del piso de madera del templo. Se guarece bajo un estrecho cobertizo que se antepone a la entrada principal.

El aguacero arranca con la fuerza de lo infinito, durante los primeros momentos Huáscar se siente a salvo, pero la lluvia y el viento comienzan a ejecutar una hermosa y rítmica danza. El viento sopla para un lado, y hasta allá lo sigue la lluvia; luego cambia de rumbo y el agua, fiel a quien le guía los pasos, lo sigue obediente. Ambos, al parecer, hacen todo lo posible por mojar a Huáscar.

La lluvia no cae de arriba para abajo, en forma rectilínea. Viene en oleadas, unas veces por la derecha, otras por el frente. El viento juega con ella.

¡Caramba, parecen divertirse! piensa el visitante, yendo de un lado a otro del pequeño cobertizo, tratando, al parecer, de tomar el ritmo a la aguosa melodía. Se mueve incesantemente de una punta a la otra, trata de esquivar la lluvia, pero las gotas ya no son tan grandes ni tan pesadas ni tan calientes. ¡Ni siquiera son ya gotas! Se han transformado en espesos hilos de agua, entretejidos unos con otros, y caen a raudales.

Huáscar no tiene otra solución. A pesar del respeto que profesa, entra al templo. Lo hace con el máximo de sumisión. Traspasa el umbral. Ya adentro se queda tranquilo, se sacude con mucho cuidado la camisa, no empapada, pero sí muy salpicada por la lluvia. Observa a un pequeño Buda sonriente sentado sobre un entarimado de madera, en el centro mismo de la pared del fondo. Comienza a apreciar una extraña y agradable afluencia de energías positivas. El olor a magnolias que emana de los inciensos invade cada rincón del pequeño local. Está solo o, mejor dicho, acompañado no más que por el pequeño Buda que, a unos diez metros de distancia y siempre sonriente, parece darle la bienvenida.

Aunque no es practicante activo del budismo ni de ninguna otra religión, Huáscar comienza a sentir cómo una inmensa sensación de bienestar se adueña de su mundo interior en un abrir y cerrar de ojos.

La húmeda brisa, que también hace de las suyas en el interior, el olor a tierra mojada, el sonido del agua sobre el techo de tejas, la atmósfera de paz y el aroma de los inciensos transportan a Huáscar a una dimensión desconocida para él, a pesar de ser un asiduo practicante de yoga.

Cierra los ojos, cae en un letargo y desciende, en apenas segundos, hasta uno de los más epidérmicos estados meditativos. Uno de esos estados fáciles de alcanzar por aquellas personas que practican el arte de la meditación de forma cotidiana. Sus pensamientos, en instantes, recorren años de vida, desde su infancia en aquella pequeña ciudad provinciana de la Amazonía peruana, hasta cuando se le abre el horizonte de los estudios y enfrenta la necesidad de asistir a un prestigioso colegio en el corazón mismo de una gran metrópolis.

Su vida cambia, comienza a transcurrir en medio de una ciudad estandarte de la civilización occidental, altamente tecnificada, con grandes ventanales comerciales y letreros lumínicos, con un tráfico incesante y a veces infernal, pero empobrecida espiritualmente. Una ciudad dominada por el estrés, los horarios estrictos, las luces resplandecientes y la propaganda agobiante, seducida por la belleza estética y el valor de lo utilitario.

Retoma la actualidad y experimenta un indescriptible placer, disfruta de la carga enriquecedora de energías positivas que recibe, de esa paz —o tranquilidad interna, como él prefiere llamarla— que comienza a apoderarse de su espíritu, desde el preciso instante en que entra en aquel pequeño y aislado templo, en medio de la campiña tailandesa.

La diferencia abismal entre ambas realidades emana como un manantial, en apenas un abrir y cerrar de ojos. Huáscar disfruta de ese efímero momento con la intensidad de lo eterno... Por fin abre los ojos. Para colmo de su satisfacción, se percata de que buena parte del interior del templo está construida de bambú, trabajado con atino y delicadeza.

Aun con el temor de incurrir en un acto profano, da unos pasos hacia adelante, se acerca al diminuto y sonriente Buda, y acaricia, primero, una pequeña pasarela; después, algunos de los horcones que sostienen el pequeño entarimado. Le pasa la mano con la misma delicadeza con que se arrulla el terciopelo, se cerciora de la textura y la dureza del bambú, la disfruta con sus dedos, admira el talante artístico de esa obra, intuye la manera en que ha sido trabajada y reconoce la excelencia de sus maestros carpinteros.

Se complace aún más cuando observa cómo las piezas fabricadas con bambú se acoplan convenientemente con el resto de las otras de maderas diferentes. Todas conforman un interior armónico en el que predominan los colores naturales de la madera, cuyo olor tampoco pasa inadvertido. Su fragancia compite a la par con el perfume de los inciensos, siempre encendidos.

El aguacero, típico del verano, se aleja con la misma velocidad que llega. Los nubarrones se retiran y por fin Huáscar decide tomar el camino de regreso a la pequeña casa de huéspedes, donde se aloja en uno de los barrios periféricos de la enorme Bangkok.

Antes de retirarse, decide dar un último recorrido por la cima de la pequeña colina y admirar otra vez, ahora después de un intenso aguacero, la belleza natural del lugar donde se yergue el pequeño templo, como parte indispensable del paisaje.

Regresará al otro día, pero antes debe cerciorarse de que no es ofensivo traer sus equipos audiovisuales para dejar constancia del exquisito trabajo de tallado del bambú. Por supuesto, lo hará en horas de la mañana, cuando no corra el riesgo de ser sorprendido por una caprichosa y danzante tormenta de verano.

A punto de retirarse, en medio de la tarde oscura, bella y relajante, advierte la llegada de un pequeño grupo de jóvenes con flores e inciensos aún sin encender. Se disponen a entrar al templo. Respetuoso, Huáscar los saluda con una sonrisa correspondida por todos mientras mira al cielo para cerciorarse de que las nubes no le jugarán otra mala pasada en su camino de regreso.

Una de las jóvenes no entra, se queda afuera del templo buscando, inútilmente, un espacio seco, al parecer, con la intención de sentarse. Huáscar disfruta su expresión de inocente soberbia provocada por la frustración. No existe en ese momento ni un centímetro a las afueras del santuario que no destile agua por cada uno de sus poros.

Sin embargo, ella insiste, coloca un pequeño pañuelo sobre uno de los escalones de madera. Se sienta, pero se levanta como movida por un resorte. Inmediatamente, sin prejuicio de ninguna naturaleza, se sacude sus partes traseras, ahora víctimas de su terquedad.

Huáscar, como quien no quiere las cosas, comienza a dar un ligero paseíto por la pequeña arboleda que rodea al santuario, pero, sin poder aguantarse, vuelve otra vez la mirada hacia la joven que permanece de pie a unos quince o veinte metros de distancia. Viste un típico y llamativo vestido tailandés de verano, pero con un peculiar aire moderno. En él predominan dos de los colores nacionales, el blanco y el rojo. Le cae bien holgado hasta algo más abajo de las rodillas; sus mangas, muy anchas, no sobrepasan la altura de los codos. El vestido, aunque recatado, no puede disimular su figura glamurosa y delgada.

Siempre ha sentido atracción por las mujeres elegantes y estilizadas, a pesar de lo feo y tosco que se considera a sí mismo.

Ríe, según cree, para sus adentros: Yo iría y la ayudaría, pero... La duda lo mantiene en el lugar. Siempre ha sido una persona tímida, extremadamente respetuosa. Para él, el respeto nunca tiene límites. Su pícara sonrisa se transforma en un inocente sobresalto cuando ve que la joven camina hacia él, ajustándose al oído derecho lo que parece ser un minitraductor simultáneo, de uso extendido en la época. Huáscar sospecha que viene a su encuentro con la disposición de iniciar una conversación... Y no se equivoca.

Después de regalarle una amplia sonrisa, ella lo saluda en su idioma nativo. Huáscar, también equipado con el moderno accesorio, comprado en un mercado callejero de Bangkok y muy parecido a los amplificadores de sonido utilizados desde hace décadas por las personas con discapacidad auditiva, recibe el mensaje en su lengua natal.

El joven responde el saludo. Por momentos se siente impulsado a tenderle la mano, en gesto de amistad; pero se arrepiente, no está convencido de que en Tailandia sea prudente, sobre todo tratándose de una mujer.

—¿Por qué no entra al santuario?

Para responder, Huáscar necesita esperar los segundos necesarios que requiere el aparato para la traducción.

—Ya lo hice. Todo el aguacero lo pasé dentro —habla despacio, como dando tiempo—. Y usted, ¿por qué no lo hace? Todos los demás entraron. —Ahora es él quien toma la iniciativa.

—Hoy prefiero conectarme con la naturaleza. Me hubiera gustado hacerlo sentada, pero la lluvia me lo impide.

—Sí, ya me di cuenta.

—Yo también me di cuenta de que usted se dio cuenta.

La traducción del trabalenguas confunde hasta al mismo aparato automático.

—Repita, por favor.

Ella sonríe observando la cara de confusión del joven occidental.

—Nada, solo le dije que me percaté de cómo usted sonreía, sobre todo cuando intenté sentarme.

La traducción automática ahora sí funciona eficientemente.

—Lo lamento, no quise ofenderla. Solo me causó un poco de gracia, nada más.

Ella espera los segundos, ya casi reglamentarios, en una conversación con estas características.

—Si usted fuera un joven tailandés, se hubiera acercado a mí gentilmente, me hubiera ofrecido su ayuda, y quizás yo ahora contemplaría la naturaleza sentada y muy cómoda.

Huáscar por primera vez reniega del aparatico que lleva en el oído. Hubiera preferido que su garantía fallara en esos momentos, pero, más preciso y eficiente que nunca, tradujo cada letra, cada palabra.

—Perdone, cuánto lo lamento. Le juro que pensé hacerlo en un momento, pero temí ser irrespetuoso.

—No importa, se lo dije para mortificarlo. Aunque le sugiero que nunca deje de ser cortés por temor a ser irrespetuoso.

—Muy bello consejo, se lo agradezco. Le aseguro que en adelante lo tendré en cuenta. Me ha dado usted una gran lección, señorita...

Deja la frase en suspenso, en espera del nombre de ella. La joven se percata de su intención.

—*Narissara, mi nombre es Narissara.*

Ella es quien le tiende la mano. Él le corresponde.

—*Me hubiera gustado decirle que es un nombre muy bonito, pero pudiera parecerle cursi. Casi todos los hombres, cuando una mujer dice su nombre, responden de la misma manera: «¡Qué nombre tan bonito!».*

Ella se ríe del comentario de Huáscar. Lo observa. Él se siente observado. Es de estatura mediana, fortachón, mestizo, pero de piel no muy oscura.

—*¿No es irrespetuoso venir hasta aquí y no entrar al templo?* —*pregunta Huáscar.*

—*No, no hay razón para que lo sea. Yo adoro la idea de Buda en cualquier parte, no necesariamente dentro del templo; aunque lo visito todas las semanas, no solo para encontrarme con su idea, sino también para encontrarme conmigo misma. ¿Usted practica alguna religión o es ateo?*

—*No soy ateo, pero tampoco me considero practicante activo de alguna religión. Sin embargo, tengo la convicción de que algo superior a nosotros nos enseña el camino. Una idea, quizás una energía superior. Soy una persona totalmente convencida de la espiritualidad de los seres humanos. Creo en Dios, y soy además seguidor del liderazgo de Jesucristo, Buda, Mahoma. No firmo contrato de exclusividad de mi Dios con ningún dogma.*

—*La verdad es que aunque no practique ninguna religión, esa espiritualidad es muy cercana a la nuestra.*

—*No es de extrañar que así sea. Desde pequeño me ronda la espiritualidad asiática. Soy practicante de yoga, lo he aprendido de mis padres.*

—*Explíqueme más esa convicción suya, esa que, según usted, nos enseña el camino.*

La conversación adquiere una profundidad conceptual no esperada por Huáscar, pero él está preparado para enfrentarla.

—*Creo que alguna idea nos enseña y hasta nos puede construir el camino, pero la velocidad, las intenciones, los propósitos finales y el tino con que* desandemos ese camino, dependen solo de nosotros mismos, de nuestras convicciones y preparación para hacerlo. De eso dependen el éxito y la felicidad.

La bella tailandesa se queda mirándolo otra vez, como razonando aquel jeroglífico de conceptos que ella misma provocó con su pregunta.

Huáscar, al principio, duda de la comprensión o aceptación de su mensaje por parte de ella, pero la joven sonríe y asiente con un movimiento de cabeza. Él respira tranquilo.

—Trabajo con muchos occidentales, es difícil encontrarse a uno con criterios de esa naturaleza. No digo que todos se dejen dominar por el pragmatismo que recorre el mundo, pero no es fácil que lleven la espiritualidad a flor de piel y muy sentida, como, al parecer, la lleva usted.

Huáscar se siente halagado.

—Gracias, sí soy una persona muy espiritual. Mis padres, como ya te dije, me lo han inculcado siempre, pero a pesar de eso no practico una religión específica. Aunque, y déjame aclararte, las respeto todas.

Huáscar en ese momento se disculpa.

—Perdóname si te tuteo.

—No, no hay nada que disculpar. Trato con muchos occidentales y ya estoy acostumbrada.

—¿Qué haces? ¿Por qué trabajas con muchos occidentales?

—Soy terapeuta, especialista en masajes con caña de bambú.

—¡Con caña de bambú!

El joven arquitecto se asombra. Conoce los famosos masajes con bambú, una milenaria técnica de origen oriental, que para muchos comenzó a utilizarse desde hace más de cinco mil años. En estos tiempos, a punto de terminar la segunda década del siglo XXI, se practica en todo el mundo; pero sus grandes maestros están en Japón y precisamente allí, en Tailandia.

Es una técnica muy efectiva para liberar el estrés y muchas toxinas que se acumulan en el cuerpo. La cultura oriental, desde épocas remotas, otorga al *bambú propiedades mágicas. Sostiene que el tallo de la planta, vacío en su interior, cuando se produce el masaje, tiene la propiedad de absorber las energías negativas del cuerpo. Las hace circular dentro de la pequeña y estrecha caña, para después reintegrarlas al cuerpo, ya transformadas en energías positivas.*

—¿Nunca ha disfrutado de un masaje con bambú?

—No, nunca.

—No sabe de lo que se ha perdido —le dice Narissara con cierta mirada de picardía.

—¿Puedo visitarla? Me encantaría disfrutar uno de esos masajes.

—Claro que puede.

Ambos intercambian nombres, direcciones, números telefónicos y la cita se fija para el día siguiente, en un concurrido salón de masajes en el centro de la capital tailandesa.

El regreso al templo tendrá que ser otro día, *piensa Huáscar.*

Los masajes de bambú, desde ese entonces, cautivan a Huáscar; pero durante esa visita, su primera a la hermosa nación tailandesa, más que los masajes, lo cautiva Narissara, con su frágil belleza, su dulzura, sus conceptos de la vida muy cercanos a los suyos y, por supuesto, sus manos.

Primero fue una amistad sincera. Luego todo se transforma en amor, un sentimiento que sobrepasa razas, religiones y fronteras. Aunque a finales de la segunda década del siglo XXI aún las distancias eran respetadas, para Huáscar y Narissara nunca Perú y la Amazonía estuvieron tan cerca de la exótica Tailandia...

... Mientras medita y su mente vuela, recordando esos momentos del pasado, el viejo líder de Mapai se queda dormido sobre su camastro. La fresca brisa vespertina amazónica es un somnífero perfecto... Huáscar no respeta los consejos de los «viejos ecuménicos de la meditación asiática», como él los llama. No adopta la posición recomendada por ellos, se duerme y no disfruta, otra vez, de aquel fabuloso primer masaje de Narissara, de aquel bendito ir y venir de la caña de bambú y de las suaves manos de la bella tailandesa, que recorren aquella tarde cada uno de los rincones de su cuerpo, cada uno de sus puntos más sensibles, extrayendo energías negativas y convirtiéndolas en positivas. Tan positivas, que arrastraron a ambos a una relación de veinte años, que solo pudo romper la muerte.

TANIA 2 YANDÚ

na de las tribus más antiguas de la Amazonía es la Yanomami. Sus miembros cuentan que, en una elevada montaña, vivían dos pájaros feos y enormes, con el pico curvo y muy afilado, ojos saltones y garras enormes. Los llamaban Dinoshis y eran el terror de los habitantes del Amazonas.

Los Dinoshis apresaban con sus garras a todos los que se pusieran a su alcance. Como es de suponer, todos vivían en peligro y se escondían detrás de matorrales o en profundas cuevas. Todos tenían miedo. Pero los Dinoshis estaban protegidos, según dicen, por una coraza de hierro que hacía rebotar las flechas y las lanzas más afiladas.

Tania crece en Mapai escuchando las narraciones de Yandú. La nana le impregna dramatismo a cada una de sus historias, la caracteriza un histrionismo natural y su conocimiento de la Amazonía es asombroso. Conoce cada planta, cada arbusto, cada animalejo, cada rincón, cada sonido. Yandú parece ser la Amazonía misma.

Esa hermosa tarde, bajo las sombras del bosque de bambú que rodea la villa, la nana entretiene no solo a Tania, sino a todos los que la rodean, con una fábula que escuchó, según dice, hace mucho tiempo, pero no la olvida nunca.

—No les cuento la fábula exactamente —dice Yandú—. Pero esta es más o menos su esencia.

A Tania le fascinan sus narraciones. Ella, ya adolescente, crece cortejada y mimada por la selva y por los habitantes de Mapai, en especial por su padre, sus hermanos y por Yandú, su enigmática pero dulce nana. La joven hija de Huáscar recorre sus años infantiles a la sombra del bambú, amamantada con leyendas y melodías de la selva.

Dispone de centenares de historias en tercera dimensión e, incluso, en técnica holográfica, almacenadas en modernos dispositivos electrónicos, lo último del llamado «entretenimiento hogareño». Sus habitantes disfrutan de esos adelantos que definen los finales del siglo XXI.

Mapai no es ajena al increíble desarrollo audiovisual de la época. La villa está conectada con el mundo; sin embargo, las leyendas de Yandú, bien contadas, verídicas y espontaneas, son diferentes.

Además, según Huáscar, ella las unge no solo de veracidad, sino también de calor y color humanos. Las convierte en creíbles, por la pasión con que las narra, una pasión que jamás podrá almacenar el más desarrollado microchip electrónico, de esos que ahora llaman «vestibles» o inteligencia subcutánea.

Tania disfruta de las historias de Yandú como nadie. Toda su imaginación emprende vuelo cuando las escucha, lo mismo bajo un árbol, en su cuarto, en medio de un bosque de bambú, o sentada, junto a sus compañeros, en uno de los pupitres del aula, en la escuela a la que asisten los niños y adolescentes de la comunidad.

Huáscar se esmera en acompañar musicalmente cada una de las narraciones de Yandú. Para ello dispone de su pequeña flauta, construida por él mismo hace más de quince años, antes de que naciera Tania. De ella emanan preciosas melodías, investidas todas de la aureola melancólica que define a la música amazónica.

En esta ocasión Yandú cuenta que se relaciona con el bambú los yanomamis, una ancestral tribu amazónica. Según los yanomamis, el bambú surge hace miles de años de las plumas de los Dinoshis, dos aves malévolas y asesinas que asolaban a los hombres.

Un yanomami tiene el valor de ir al encuentro de los Dinoshis, en la cima de una alta montaña. Con un par de flechas envenenadas con curare, mata a los dos enormes y temibles pajarracos.

Agonizantes en el aire, batiendo sus alas, las plumas de los Dinoshis se desprenden y se encajan en el suelo, naciendo de cada una de ellas un tallo de bambú.

Por eso el pueblo yanomami, según ellos, tiene la clave del misterio del bambú, cuenta Yandú.

Tania nace y crece en Mapai, arrullada por mitos y leyendas amazónicos, tomada siempre de la mano de Yandú y rodeada del amor y el cuidado de su padre y hermanos.

Casi todo el tiempo permanece junto a su nana, la enigmática mujer que llegó hace muchos años, decidida a vivir en la selva. Digo que permanece «casi todo el tiempo junto a su nana» porque Yandú se aleja de la comunidad muy a menudo, dos y hasta tres días cada mes, y no va a la selva.

Yandú se acoge al derecho de todos los habitantes de Mapai de entrar y salir de la villa cuando lo deseen, y viaja en barco, a través del Amazonas, según dice, hasta Iquitos, la bella ciudad peruana capital del estado de Loreto.

Huáscar no le cuestiona a dónde va ni qué hace. Tampoco le ha vuelto a preguntar de dónde viene. En muchas ocasiones, en sus viajes, la acompaña Kamon, el hijo mayor de Huáscar. Khalan, el menor de los varones, no sale de la comunidad. Siente que es parte indisoluble de ella. Ambos hermanos son muy parecidos. Bajos de estatura y fornidos, como su padre; tez morena con un tinte oliváceo típico de los descendientes tailandeses; pelo negro, lacio y brillante. Sus ojos nada tienen de alargados, a pesar de su materna descendencia asiática. De la cultura tailandesa cultivan su amabilidad. No acostumbran a hablar en voz alta y mucho menos a discutir entre ellos.

—Kamon no rechaza tampoco a Mapai, pero, al parecer, necesita a cada rato una dosis de aire contaminado —comenta medio en broma y medio en serio su padre—. Es bueno que sea así. Que sienta la diferencia y que seleccione por sí mismo —dice Huáscar a Khalan, quien manifiesta sin reparos su preocupación por las salidas de Kamon.

Cuando Yandú se aleja y marcha a Iquitos, Tania es quien más la extraña. Ya está próxima a cumplir los quince años, ha sido criada todo el tiempo en Mapai, a la sombra de su nana. A estas alturas, según dice la propia Yandú, es más amiga que nana.

A Tania, Yandú se le hace tan familiar y necesaria como la propia sombra del bambú; sin embargo, no conoce su secreto, su nana lo guarda en lo más profundo de su ser. Quizás su padre sí, pero no ella ni sus hermanos.

El bambú, por suerte, cuando ella se marcha, siempre está ahí, piensa Tania. *Me rodea mañana, tarde y noche. Su presencia material y espiritual nunca me abandona, pero Yandú, mes tras mes, se ausenta sin dar explicaciones.*

Además de extrañarla, la joven siente mucho temor, una profunda sensación de desamparo cuando su nana se marcha, a pesar del gran apego que tiene con su padre, hermanos, la selva y el bambú.

En los momentos en que ve marcharse a Yandú, aunque esta le asegura una y otra vez que regresará, Tania comprende aún más cuánto la quiere y necesita. Ella se ha convertido en indispensable para su vida en Mapai.

Desde pequeña, la escucha contar historias, la acompaña en caminatas por la selva, no por los parajes recónditos donde habita el tímido pero peligroso jaguar, sino por los más cercanos y seguros.

«¡Pero, selva al fin!», suele decir Yandú, convencida de que cada pulgada de selva encierra incontables peligros y misterios.

Cuando Yandú se marcha para Iquitos, Tania tiene la costumbre de dormir en la habitación de su padre. Es sábado. La inmensa mayoría de los habitantes de Mapai se levanta tarde los fines de semana, pero cuando la joven despierta, su padre ya no está en la habitación.

—*¡Siempre tiene algo que hacer!* —se dice a sí misma mientras se tira de la cama. Camina hacia la ventana con el propósito de respirar el aire de la mañana, pero algo le llama la atención.

¡Es un pequeño cofre!

Se detiene frente al buró de su padre y observa el objeto, aún en construcción. Es como uno de esos viejos baúles que se ven en las historias de piratas, pero en miniatura. Tania se admira de la maestría con que está siendo construido. No duda de que sea obra de su padre, quien ya ha comenzado a grabar sobre la tapa del cofrecillo, al parecer, una palabra.

¿Qué dirá? ¿Algún nombre? ¿Para quién será? Sobre el buró, además del cofre y el viejo computador de Huáscar, descansa la también minúscula flauta.

—¡Qué raro, hoy todo está al revés! La flauta siempre la guarda dentro de una gaveta y los papeles los deja afuera.

Toma el pequeño instrumento musical en sus manos y da la vuelta al buró. Ya colocada en su parte posterior, intenta abrir las gavetas, pero todas están cerradas con llave.

—No tiene ningún papel sobre la mesa y todas las gavetas están cerradas. —Tania siente cierta sensación de extrañeza—. Si solo Kamon, Khalan y yo entramos en su habitación, ¿por qué lo ha cerrado todo? ¿Para qué querrá ese cofre?

Ubica nuevamente la flauta al lado del cofrecillo y se dispone a respirar el aire de la Amazonía por un rato. Después tomará un baño y comerá algo. En ese momento, vuelve a recordar que Yandú no está.

—¡Cuánto echo de menos el pescado que ella cocina! —se lamenta Tania.

Pero no solo ella extraña los exquisitos platos. También su padre, hermanos y mucha más gente en Mapai. Se han hecho famosos por su olor y sabor, al igual que sus guisos de brotes tiernos de bambú.

Yandú dice, y Huáscar lo confirma, que comer brotes tiernos es muy bueno para la salud. Según ella, contienen nutrientes suficientes, poseen un alto contenido de fibras y de silicio. Este último, según afirma la nana, apoyada por los médicos de la comunidad, es un mineral muy recomendable para las personas que padecen de enfermedades osteoarticulares, como artrosis, artritis, reumatismo y descalcificación. Huáscar confía ciegamente en ella, Yandú se lo ha ganado.

Muy a menudo, Tania la escucha cuando aconseja a su padre y le dice:

—Señor Huáscar, coma los brotes de bambú y verá que también son buenos para el estreñimiento.

Al parecer son muy buenos de verdad, porque su padre le dice a todo el mundo:

—Laxante como ese, ¡ninguno!

Existen miembros en la comunidad, sobre todo los escasos gorditos que hay, que los comen para adelgazar porque contribuyen a la absorción de las grasas y los azúcares en el cuerpo. Los médicos de Mapai, al parecer, también piensan igual, porque ya hasta producen píldoras que reparten a los habitantes.

Yandú ahora se ha empeñado en que Tania, su padre y sus hermanos aprendan a comer invertebrados. Kamon y Khalan primero se resisten, hacen muecas y se ríen mucho. Sin embargo, ahora son los primeros que se dedican a capturar algunas especies de invertebrados de la zona, muy apetecibles y alimenticias, de acuerdo con los puntos de vista de Huáscar y Yandú.

La idea de comer invertebrados se le ocurre a la nana una mañana de domingo, cuando toda la comunidad descansa de su quehacer diario. Ella invita a Huáscar, Tania, Khalan y Kamon a dar una «vueltecita», como dice, por las orillas del Amazonas, con el propósito de identificar algunas especies que bien pueden formar parte de la dieta alimenticia de los habitantes de Mapai.

—De paso, aprovechando la bella mañana —apunta la nana—, sería estupendo dar un paseo por el Amazonas.

Se llevaría a cabo en el hermoso barco de bambú, equipado con modernas baterías de luz solar y velas, que fuera construido por el viejo maestro carpintero y que está capitaneado ahora por Kamon, el hermano mayor.

Pero la conversación sobre lo saludable de comer invertebrados es el tema principal en las primeras horas de la mañana. Saltamontes, termitas, algunos tipos de tarántulas y gusanos pueden, según Yandú, aprovecharse y dar una mayor variedad a la comida. Hasta ese momento, estaba sustentada, en lo fundamental, de pescados, viandas, frutas y legumbres.

Huáscar apoya la idea de Yandú. Tania se alegra mucho de que su padre y su nana casi siempre estén de acuerdo. Pero esta vez no se alegra tanto, pues sospecha que esa comunión de criterios traerá como consecuencia que le pongan delante un plato de grillos, larvas o de algún otro insecto raro de la Amazonía, como dice Kamon.

Aquella mañana de domingo, Yandú, a pesar de ser una persona que habla muy poco o casi nada de su vida, se entusiasma con el propósito de sensibilizar a Tania. Cuenta sus experiencias en restaurantes gourmet, muy caros, dedicados a las personas entomofágicas. Tania no entiende el significado de la palabra.

Su padre le explica que entomofagia es el término lingüístico con el que se denomina a todos aquellos seres humanos que comen insectos. Khalan y Kamon, por supuesto, hacen otro par de cómicas muequitas y provocan la risa en Tania.

Cuenta Yandú que ella vivía muy cerca de uno de esos restaurantes donde sirven caldos y ensaladas de escorpión, hormigas a la brasa, tacos de gusanos de maguey, provenientes de México; larvas burbujeantes que llevan de China, fideos con grillos crocantes. Además, tarántula asada, pasteles de huevos de mosca y hasta galletas de avispas, entre otros platos.

—¡Galletas de avispa! —expresa asombrada la adolescente.

Huáscar explica a sus hijos, apoyado por Yandú, que desde hace mucho tiempo se practica la entomofagia porque los insectos e invertebrados, en general, son una importante fuente de proteínas; pero ese hábito nunca ha sido muy bien aceptado en la llamada civilización occidental.

Recuerda el viejo Huáscar que durante su primer viaje a Tailandia, hace muchos años, cuando conoció a la madre de Kamon y Khalan, no los probó, pero sí fue testigo de cómo muchos suculentos platos de invertebrados hacían las delicias de nativos y visitantes.

—Mientras ese tipo de alimentos en Occidente solo se sirven en restaurantes especializados, nunca se creará el hábito de consumirlos. Si son tan nutritivos, deben de formar parte de la dieta normal de las personas, venderlos en los mercados, anunciarlos por los medios de comunicación, como se hace con otros productos, creo yo —sugiere Kamon.

—Debemos verlo en la mesa desde que somos pequeños. Empezar a comer insectos, arañas y otros tipos de animales. Ya de adultos no es nada fácil. A mí, por lo menos, me va a costar mucho trabajo —Khalan respalda a su hermano.

—Sobre todo, hermanito, después de probar un buen arapaima asado.

Todos ríen la ocurrencia de Kamon.

En un momento en la conversación, sentados sobre el hermoso barco de vela, Huáscar estuvo a punto de preguntar a Yandú cuál era la ciudad del restaurante del que ella habla, en el que sirven esos maravillosos platos, pero prefirió no hacerlo, pues sintió temor de romper el encanto de la maravillosa mañana, junto a sus seres más queridos, entre ellos, por supuesto, la enigmática Yandú.

Todos están sentados en la embarcación, en el Amazonas, rodeados de esa vegetación color verde profundo, húmeda y con un toque de misterio, que se resiste a ceder ante el empuje insensato de algunos seres humanos movidos por mezquinos intereses comerciales.

Tania disfruta como nadie los recorridos por la selva, siempre prevenidos todos, dispuestos a alertarse uno al otro de cada alimaña que esté cerca, de cada rama desconocida, de cada tronco con espinas. Ya en el río, el Amazonas los maravilla con su grandeza, con esa enorme corriente fluvial, el orgullo de la naturaleza suramericana. Más que atraparla, la Amazonía entera conquista a Tania.

—Donde primero navegué en una embarcación de bambú fue en Tailandia, en las aguas del río Kwai.

—¿El de la famosa película? —le pregunta Kamon.

—¡Ese mismo! Han remasterizado la película tantas veces y le han aplicado tanta técnica, que hoy cuando la veo parece una producción contemporánea; sin embargo, tiene más de ciento cincuenta años.

Tailandia es tema recurrente en Huáscar. Kamon y Khalan se sienten orgullosos de que su padre ame la tierra de su madre, quizás a la misma altura del inmenso cariño que le profesó a ella.

El viejo líder de Mapai pide a sus hijos que desplieguen la vela de su hermosa nave de bambú, a la que Kamon bautiza con el nombre de «El Piraña I», en homenaje a esos pececitos de agua dulce de muy mala fama.

—Kamon y Khalan, tomen los remos para ayudar a la vela —ordena Huáscar, como todo un capitán de navío—. Yo me encargo del timón.

—¡Arriba las velas! —exclama Kamon, tomando las ínfulas de uno de esos famosos filibusteros que asolaron el mar Caribe, hace ya más de 400 años. Les encanta navegar sin usar los motores eléctricos movidos por la energía solar.

—¡Nada más bello que navegar por el Amazonas bajo el sol de la mañana! —dice Huáscar. Todos asienten.

Navegan muy cerca de la orilla. El Piraña I intenta desplazarse Amazonas arriba, pero, apenas unos minutos después de comenzada el recorrido, Kamon se ve forzado a encender el motor. La corriente contraria no deja que El Piraña I avance. Además, el viento muy suave no viene de popa.

—De regreso, a favor de la corriente, volveremos a soltar las velas —anuncia Kamon.

Con motor o con vela, Tania disfruta el viaje, no puede dejar de maravillarse ante la belleza de la Amazonía, su espectacular floresta y la incontable cantidad de animales que la habitan. A pesar del ingente y en ocasiones despiadado desarrollo tecnológico, esos rincones naturales conservan su grandeza en los años finales del siglo XXI.

El esfuerzo destinado a conservar las reservas naturales por parte de organizaciones internacionales, personalidades y gobiernos de las naciones amazónicas ya dan resultados positivos, a pesar de la incomprensión de muchos, sobre todo de cazadores furtivos y de alguna que otra empresa trasnacional, interesada más en las ganancias que en conservar tan importante hábitat natural.

La villa de Mapai, de hecho, forma parte de una importante reserva natural, protegida por las leyes de esa nación andina. Otro de los deberes de sus habitantes es proteger la selva de la acción de seres inescrupulosos.

Tania se entusiasma, más bien se asombra con la diversidad de peces tropicales de agua dulce, los reptiles, las nutrias, las ruidosas aves, entre otros. El tocón negro, loros, periquitos, guacamayos, carpinteros y el famoso trepatroncos, que solo vive a las orillas del río.

Llaman también su atención los simpáticos monos araña y los llamados guapos rojos, el pichico negro y el armadillo gigante, camaleones, iguanas, el capiguara, considerado el mayor roedor del mundo, y los enormes cocodrilos de más de dos metros.

Para tranquilidad de Huáscar, el pequeño radar con que está equipado El Piraña I, y que es capaz de detectar animales de gran tamaño en un diámetro de diez millas, no emite señales. Esto quiere decir que ningún jaguar, el verdadero rey de la Amazonía, anda por los alrededores.

Es un animal estupendo que también ha estado en peligro de extinción. Algunos ejemplares logran alcanzar hasta dos metros de largo. Tiene la inteligencia de los felinos, pero no es rápido porque sus patas delanteras son cortas. Su poder de salto es grandioso y sus mandíbulas, poderosas. De hecho, la palabra jaguar, en una lengua nativa, significa «el que mata de un salto». ¡Así de peligroso es!

Navegan por el territorio del manatí o vaca marina, un cautivante herbívoro que puede alcanzar hasta los 400 kilos de peso, pero esa mañana tampoco quiere aparecer. Todo parece indicar que Tania tampoco disfrutará de los delfines rosados del Amazonas, a los cuales solo ha visto una vez, ni de la sobrecogedora presencia de la anaconda, la temida yacumama o madre del agua.

—¡Qué lástima! —se lamenta ella, pero sin perder su alegría.

Es para todos una mañana inolvidable de domingo, pero en especial para Tania, quien, nacida y criada en ese ambiente, se convierte cada día por derecho propio en una flor autóctona, parte indisoluble de esa flora y fauna, cautivantes y eternas.

Después de algo más de una hora de navegación, Huáscar pide regresar, pues dice sentirse cansado.

—Ustedes son jóvenes, pero yo tengo ya ochenta y cuatro años; además, aunque Kamon y Khalan dicen que no hago nada, este timón hay que sostenerlo muy fuerte, y se hace tarde para la comida —refunfuña cariñosamente.

Yandú es la primera en apoyarlo, como siempre hace. El Piraña I da un giro, conducido por la experimentada mano del propio Huáscar, y enfila su proa hacia el embarcadero de Mapai. Kamon apaga el motor y despliega las velas. La peculiar nave de bambú navega corriente abajo, dispuesta, si la dejan, a alcanzar Colombia, Brasil y hasta el enorme Atlántico.

Pero, apenas emprenden el viaje de regreso, el Amazonas, agradecido, se entusiasma y les obsequia uno de sus grandes regalos, una de sus atracciones más hermosas: el espectáculo único de los delfines rosados. Es Tania la primera en divisarlos. Por supuesto, del grupo, era la que más los buscaba.

Una manada de ocho, diez, quince, imposible descifrar la cantidad de delfines que se acercan a El Piraña I. Juegan a su alrededor, abren la boca muy cerca del barco de bambú, esperando una retribución por parte de los tripulantes. De eso se encarga la propia Tania, quien les ofrece toda la carnada natural de que dispone Kamon para su próxima pesquería.

El delfín rosado, también conocido por el nombre de tonina, es un cetáceo único en su género. No solo habita en el Amazonas, sino también en ríos de Bolivia y en la cuenca del Orinoco. Puede llegar a pesar hasta 180 kilogramos. Y, por lo que ve Tania, Yandú, su padre y hermanos, algunos adultos machos miden más de dos metros.

Su capacidad de maniobra y velocidad son asombrosas, dignas de un espectáculo circense. Saltan, giran, cruzan por debajo del barco con una gracia y esbeltez digna de encomios, chillan, retozan entre ellos.

—¡Qué lástima que desde hace ya unas cuantas décadas están en peligro de extinción! —apunta Huáscar, también extasiado con el improvisado espectáculo de los cetáceos, a pesar del cansancio que lo agobia.

—Sin embargo, han resistido, papá —dice Khalan.

—¡Qué alegría da verlos! —Ahora es Tania la que habla—. No vi la anaconda, ¡pero sí los delfines!

—¡Si ves una pachamama, te mueres de miedo! —bromea Khalan con Tania.

Disfrutan de esa maravilla de la naturaleza por un buen rato, pero los delfines rosados, con la misma facilidad con que aparecen, se pierden en las profundas aguas del Amazonas, a solo unos minutos de que la nave atraque en el muelle de Mapai.

Desde ese domingo en familia, encantador e inolvidable, Yandú, la nana cocinera y contadora de historias, elabora de vez en cuando sus exquisitos platos de invertebrados, entre ellos reptiles. Los combina con brotes de bambú fresco y otras yerbas aromáticas de la Amazonía. Tania, poco a poco, se acostumbra a comerlos, pero sigue teniendo preferencias por el pescado y los vegetales, sobre todo cuando son sazonados por su querida nana.

Huáscar pide regresar, durante el viaje, entre otras razones, según dice, para llegar temprano a la hora de la comida.

—Tengan en cuenta, muchachos, que hay que cocinar, si no quieren comer solo frutas y legumbres. —Lo repite en varias ocasiones.

Sin embargo, Tania observa que es el único del grupo que no come llegado el momento. A todos, el Amazonas les abre el apetito, menos a su padre.

¡Qué extraño! piensa Tania.

Últimamente su padre le repite muy a menudo que se siente cansado, no come como antes, ni siquiera los manjares de Yandú.

—Tania, he caminado mucho por este mundo. Creo que ya es hora de descansar.

Él reitera esa frase una y otra vez. Se sienta en su tradicional mecedora de bambú y comienza a tocar su flauta hecha con una muy delgada especie y sonora variedad de bambú. Casi siempre interpreta alrededor de tres melodías. Después se marcha a su habitación en el tercer piso del palacio de bambú, se tumba en su camastro y duerme... duerme mucho.

La inocencia de los catorce años forja el criterio equivocado de que los padres son eternos. Tania, mimada como toda una princesa bambú por Huáscar, ha llegado a creer que la muerte es algo muy lejano, vive ajena al hecho de que ella misma es su resultado directo.

La víctima del Yacuruna

Varios días después del maravilloso viaje, una tarde luego de cumplidas las tareas del día, Tania y Yandú, como de costumbre, caminan por los alrededores de Mapai. Lo hacen bajo la sombra del bambú, dentro de la llamada zona de seguridad, el área alrededor de la comunidad protegida permanentemente por sistemas electrónicos, sobre todo sonoros, pero también de radiofrecuencias.

Los animales más desobedientes son algunos tipos de insectos, aunque, aquellos ciertamente peligrosos como los mosquitos o zancudos, potenciales transmisores de enfermedades aún no erradicadas en esos intrincados parajes, sí sienten el rigor de las vibraciones sonoras, para suerte de todos.

La fuerte brisa con olor a humedad completa la labor de los diminutos aparatos «ahuyentadores de depredadores», inventados por la inteligencia humana hace muchos años, pero aún muy eficaces.

—Por muchos artilugios que se inventen, nada mejor para ahuyentar a los insectos que una buena brisa amazónica, así decía mi abuela —comenta Yandú a Tania.

—En cualquier momento llega el aguacero —alerta Tania.

—Estaremos atentas.

La nana se detiene, toma una pequeña caña de bambú y se sienta sobre una enorme piedra, al parecer, dispuesta a conversar.

Tania la imita entusiasmada, pues disfruta las pláticas con Yandú.

—¿Sabes que hace miles de años, en China, hacían estallar cañas de bambú en el fuego para alejar los malos espíritus?

—Sí, una vez mi padre me habló de eso. Me imagino que también ahuyentarían a los mosquitos.

—No sé, pero casi seguro que sí.

Ambas sonríen.

—El tallo del bambú es tan compacto, según me dice papá, que el aire contenido entre nudo y nudo, cuando se dilata debido al calor, no encuentra orificios para salir y entonces es que explota.

—Tienes razón. Por esa razón es que la planta recibe ese nombre, por el ruido que hace cuando explota.

—¡Bannn Buuú! —Tania alza la voz y abre sus brazos mientras imita el sonido de la explosión.

—¡Así mismo! —asiente Yandú en medio de la risa.

La joven no disimula su cariño por la mujer que la educa y, en ausencia de su madre, la colma de cuidados y cariño; sin embargo, siempre Yandú la ha intrigado. Tania sabe que guarda un misterio, que lleva algo encerrado en su corazón, se dice una y otra vez.

Antes de comenzar el recorrido, la joven se hace el propósito de aprovechar ese íntimo momento en el que las dos se encuentran solas, en medio del bosque de bambú sembrado por los habitantes de la villa, para tratar de conocer más de la vida de su nana.

Tania está casi segura de que su padre debe conocer realmente quién es Yandú y de dónde vino; pero nunca ha compartido ese secreto, es una persona incapaz de traicionar la confianza que cualquier persona deposita en él.

La adolescente solo sabe a ciencia cierta que Yandú proviene de una familia de aborígenes americanos. Para darse cuenta no hay que investigar mucho. Su figura, aunque más estilizada, el color bronceado de la piel y sus conocimientos de la Amazonía, la particularizan.

Recuerda Tania que, en una ocasión, mientras hablaba con su padre de la creación de Mapai, de su nacimiento y de la muerte de su madre, Huáscar le habló de la llegada de Yandú. Le relató cómo se produjo el primer encuentro y la manera tan entusiasta como ella aceptó ser su nana, algo que Tania le agradece enormemente. Ella vive convencida de que sin una madre y sin Yandú, nunca hubiera sido una tarea fácil para su padre; sobre todo, teniendo en cuenta todas sus responsabilidades en la villa. En aquella ocasión, él le dice que la recién llegada cantó en arawak.

Tania toma otro pedazo de bambú en sus manos y mira fijo a los ojos de su nana.

—¿Papá te ha hablado del secreto que guarda el bambú?

—Por supuesto, lo guarda en su interior, en ese vacío que cubre su capa vegetal, donde los gases se expanden y no pueden salir cuando lo someten al calor y, por supuesto, explotan. *¡Bannn Buuú!*

—Muchas veces, mi padre habla de ese misterio, de cómo en el interior de la caña las energías negativas se convierten en positivas, según una creencia asiática. No se cansa de decirme que en ese vacío se esconde la espiritualidad del bambú.

—Yo también lo creo.

—Una vez, conversando con él, comparó el bambú contigo.

—¿Conmigo?

—Sí, me dijo que si alguien en la villa se parece al bambú, y yo sé que esa persona eres tú.

—¿Yo?

—Sí, tú. ¿Sabes por qué, Yandú?

—¿Por qué? —La nana devuelve rápido la pregunta, pero Tania se encarga de responderla también muy rápido.

—Porque, como el bambú, dice papá, tú guardas un enorme secreto dentro de ti.

—Más o menos enormes, todos guardamos secretos.

—Pero el tuyo es más grande que el de todos.

La nana observa a Tania. Se admira de cómo la ha visto crecer. Vive convencida de que, llegado el momento, su secreto deberá ser compartido con alguien más. En una ocasión, ya hace varios años, ella le contó a Huáscar, pero solo una parte. Lo hace por respeto, como muestra de agradecimiento, teniendo en cuenta la gran confianza que el guía de Mapai ha depositado en ella. Tania vuelve a la carga.

—¿Puedo hacerte una pregunta?

Ahora hay timidez en su voz. Sabe que intenta introducirse en los rincones más íntimos de uno de los seres que más ama en su vida.

—Puedes hacerme todas las que quieras —responde Yandú, convencida ya de que ha llegado el momento de compartir aquello que ha llevado consigo durante años.

—¿Eres descendiente de los arawak?

Tania está muy lejos de ser la otrora niña que obedece y no hace preguntas. Ahora es la adolescente, inquieta e inteligente, que se propone conocer cada uno de los detalles de las personas que ama y la rodean. Responde:

—Directamente no soy descendiente de los arawak, aunque provengo de una tribu llamada itahui, que mantiene costumbres muy parecidas a las de ellos. No descarto que nuestros antepasados hayan sido puros arawak.

—Pero, papá me ha dicho que cantabas en ese dialecto.

—Lo estudié y lo aprendí muy fácilmente. Llevo la cultura arawak en la sangre.

—Cuéntame sobre los itahui.

—Lograron mantenerse en aislamiento voluntario, en las profundidades de la selva, hasta los primeros años del siglo XXI.

—¡Aislamiento voluntario! ¿Qué significa eso? —pregunta Tania, interesada en la historia que comienza a contarle Yandú.

—Aislamiento voluntario no era más que una actitud defensiva, de escape, que adoptaban muchas tribus aborígenes amazónicas, la nuestra entre ellas. Consideraban que era más beneficioso y seguro perderse en la selva, evitando cualquier contacto con el exterior. A ninguno de los miembros le interesaba el encuentro con la llamada cultura moderna.

—Le temían, ¿verdad?

—¡Demasiado! Entre otras razones, porque nuestro sistema inmunológico no estaba preparado para una serie de enfermedades, incluso, las que aparentan ser más simples, muchas de ellas no mortales. Los esporádicos contactos con seres humanos del exterior de la selva no resultaron en nada provechosos.

—¿Por eso evitaban el contacto?

—Entre otros motivos, sí. Una sencilla relación con una persona enferma de un mal común para ella, por ejemplo, alguna variante de gripe, podía poner en riesgo a toda la tribu. Además, nuestra comunidad era muy pacífica. No pocas veces el encuentro provocaba incomprensiones de ambos lados y hasta hechos de violencia.

—Esa es una de las grandes ventajas de la vida en la selva.

—No todos los que lograron hacer contacto con la tribu eran personas violentas, con intereses mezquinos y malos sentimientos. No fue así. Sin embargo, muchos sí tenían esos defectos y solo pensaban en extraer recursos naturales de la Amazonía, para obtener beneficios personales. Nadie que esté dispuesto a destruir la selva por una miserable ganancia económica, en nombre del desarrollo, es un buen ser humano. Ese era otro motivo clave para huir y esconderse, no ser víctimas de la mala voluntad de nadie.

—No me explico cómo pueden existir personas que no piensan en el futuro, solo piensan en el ahora. Esa es una de las preocupaciones de papá.

—Leí una vez en Sídney que una comunidad amerindia muy cercana a la nuestra...

—¿En Sídney...? —Tania la interrumpe.

—Sí, viví allí por más de diez años.

—¡Tan lejos!

—Sí, tan lejos.

—¿Allí están, entonces, los famosos restaurantes de los que hablas? ¿Esos que sirven sofisticados platos de insectos e invertebrados y no sé cuántas cosas más?

—Allí mismo, Tania —asiente Yandú con una sonrisa en sus labio—. Ahora tienes la oportunidad de contarle a tu padre la parte que aún no sabe sobre mí. Además, no es nada del otro mundo, solo vivencias personales.

—Cuento todo a papá esta misma noche, si tú me autorizas.

—Estás autorizada. Así evitas que me sonroje, aunque con este color mío, el rojo en las mejillas no se aprecia mucho.

Se ríen ambas. A pesar de lo comprometida que puede resultar la conversación, sobre todo para Yandú, se produce en un ambiente fresco y jovial.

—Sigue contándome sobre tu tribu.

—Los itahuis perdimos a la mitad de los miembros pocos meses después de que se abrieran las tierras a la exploración petrolífera, a finales del siglo pasado y principios de este. Muchos no resistieron el embate de algunas enfermedades, el estrés y el rigor de la vida en civilización.

—Pero, si tu tribu estaba en aislamiento voluntario... ¿Cómo fuiste a parar a Sídney, a Australia? ¡Eso está lejos, Yandú!

Yandú se ríe por la manera en que la joven hace la pregunta, pero, sobre todo, de la forma exagerada en que abre los ojos cuando reitera: «¡Eso está lejos, Yandú!».

—Sí, está muy lejos, Tania! —responde con la misma exagerada intención. Después cierra los ojos, disfruta del aroma del viento que sisea entre las plantas de bambú, en medio del pequeño bosque cercano al palacio de Mapai. Tania no le habla, le permite disfrutar de la brisa amazónica, la misma que la vio nacer hace ya casi cincuenta años.

—¿Quieres que te diga la razón por la que fui a dar allá, a Australia? —dice aún con los ojos cerrados.

—¡Claro que quiero! No faltaba más.

—Por dos razones esenciales, una buena y una mala.

—La buena, primero —sugiere Tania.

—El amor.

—¡El amor! —Tania lo dice otra vez abriendo los ojos.

—Me enamoré de un australiano.

—¡Qué historia más linda y sobre todo fácil de creer! —Tania se expresa con fingida ironía y continúa diciendo—: Así que te enamoraste de un australiano, en medio de la selva, viviendo en una tribu en aislamiento y desde allí mismo, así, por arte de magia, tomaste una de esas naves aéreas y fuiste... ¡pum!... a dar a Sídney.

—¡No te burles, tonta!

Tania es ahora la que se ríe por la expresión de Yandú.

—Yandú, eso es difícil de creer.

—Verás que no. Yo nací en 2036. Te dije antes que el aislamiento voluntario se mantuvo hasta entrada la década de los años veinte.

—Entonces, ¿cuándo naciste ya se relacionaban con la civilización?

—Así es.

—¿Y por qué abandonaron el aislamiento? ¿Los obligaron?

—No, nadie obligó a la tribu a nada, según me contó mi padre. Es cierto que el encuentro con la civilización conlleva riesgos, pero el aislamiento voluntario, en medio de la selva, también. Por ejemplo, alguien puede morir de un catarro cuando se relaciona con personas que viven en la civilización, también corre el riesgo de morir por enfermedades que son perfectamente curables e, incluso, prevenibles, cuando se tiene relación con la medicina actual.

—¡Verdad que sí! No había pensado en eso.

—No nos relacionábamos, pero en la medida en que no nos exponíamos a ningún tipo de contagio y no recibíamos vacunas, las defensas de nuestro cuerpo comenzaban a decaer aún más. No se preparan para defenderlo, nos convertimos en seres vulnerables... Y la selva es noble, pero para vivir en ella no puedes ser débil de mente, ni vulnerable de cuerpo.

—Eso dice papá.

—Creo que fue una decisión sabia por parte de la tribu abandonar el aislamiento y reencontrarse nuevamente con la civilización. Además, el desarrollo de las comunicaciones, los satélites y todos esos adelantos impedían que el aislamiento fuera eficaz. Quizás no llegaban hasta la tribu por tierra, pero desde arriba, constantemente, estaba siendo observada.

—Hoy en día es muy difícil, por no decir imposible, vivir aislado del resto del mundo.

—Todos existimos en el mismo planeta. Lo más correcto es vivir en civilización, manteniendo y respetando las tradiciones de los demás —argumenta Yandú—. Se ha avanzado mucho en ese sentido, pero sigue siendo un problema grave. Existen casos de una parte o de otra que no ayudan lo suficiente.

—¡Nada es perfecto! —sentencia Tania.

—Los habitantes de Mapai mantenemos magníficas relaciones con los indígenas de esta zona, hasta nos enseñan muchas de sus costumbres. Yo misma, aunque nací en la Amazonía, aprendo aún mucho de ellos.

—¡Qué bello!, ¿verdad?

—Muy bello y muy noble, Tania. Las civilizaciones amazónicas se caracterizan por su nobleza.

—Me dijiste que fuiste a dar a Australia por dos razones, una buena y una mala. Hablaste de la buena. ¿Puedo saber cuál es la mala?

—Mi ignorancia y mi falta de experiencia.

—No te entiendo.

—Estoy segura de que si en aquellos tiempos hubiera conocido a una persona como tu padre, que me hubiese abierto los ojos en torno a la filosofía del bambú, no habría actuado de esa manera. Nací a su sombra, pero nunca penetré en su interior, en esa espiritualidad de la que hablamos hace un rato.

—¿De veras?

—¡De veras! Quise volar sin tener alas, o lo que es lo mismo, «quise crecer sin echar raíces profundas», como hace el bambú antes de salir a buscar el cielo. Si hubiera conocido a fondo su mensaje, ese que sustenta tu padre, quizás hubiera actuado de otra manera.

—Sí, digo «quizás» porque cuando llega el amor, es muy probable que se rompan esquemas y filosofías de vida. Aunque, por supuesto, si hubiera conocido el mensaje del bambú, repito, «quizás» no habría actuado de la manera en que lo hice.

Yandú enfatiza las últimas palabras.

—Te deslumbró el amor.

—Me deslumbró el amor y todas sus promesas. Una noche, él y yo, con apenas diecinueve años, nos escapamos de la tribu.

—¡Él! ¿Y quién era él?

La conversación entre Tania y Yandú va mucho más allá de la advertencia o el consejo de una nana. Se torna confidencial, entra en el restringido plano personal, en lo más íntimo. Alcanza un nivel al que solo pueden escalar juntos seres humanos con profunda amistad y probado cariño.

—Eso nunca se lo he contado a nadie —revela Yandú, casi en voz baja.

—Cuéntamelo a mí —responde Tania.

Yandú se dispone, en medio de esa tarde, nublada y a punto de mojarse, sentadas ambas a la sombra del bambú, a revelar su íntimo secreto a Tania.

Los secretos, la mayoría de las veces, pesan demasiado. Por eso, cuando los develas, sientes una doble satisfacción. La primera es que dejas de ser el único o la única que lo conoce, por lo tanto, en cierta medida, deja de ser lo que siempre ha sido, un secreto.

El otro placer consiste en que te percatas de que has encontrado a alguien en quien confiar, alguien que te admira y quiere, alguien con la fuerza de voluntad necesaria para guardar silencio, de ser tu confidente. Si te traiciona, el dolor será muy fuerte, pero, cuando confías y cuentas, no sopesas esa posibilidad. Prefieres aferrarte a la idea de la confianza, ese sentimiento que ensancha el camino a la espiritualidad de los seres humanos.

—Su nombre es Dainan y me lleva casi quince años.

—¡Qué nombre más bello, Dainan!

—Es un nombre aborigen australiano. Significa «hombre de buen corazón».

—Tiene también un bonito significado.

—Sí, muy bello significado. Él es un fiel exponente del significado de su nombre. Llegó una tarde a la tribu. Pertenecía a una misión internacional que estudiaba las costumbres de las comunidades indígenas americanas, con el objetivo de que se le respetaran al máximo a la hora de producirse la integración completa. Yo había aprendido a leer y escribir en español y en inglés. Fui seleccionada por la tribu, cuando tenía la edad tuya, más o menos, para estudiar en Lima. Nuestra tribu se adaptó muy rápidamente. Allá, en Lima, estuve casi dos años.

»Mi labor específica, después de terminar los estudios —sigue contando Yandú—, consistía en regresar a la tribu y preparar a sus miembros aún más e incorporarlos, lo más rápidamente posible, al desarrollo económico de la región, sobre todo en lo concerniente al turismo. Nuestra comunidad volvió a instalarse a las orillas del río Napo, muy cerca del Amazonas. Allí regresamos, era nuestro territorio natural, donde vivieron por siglos nuestros antepasados».

Yandú narra a Tania su primer encuentro con Dainan. Según cuenta, ella lo esperaba, ya la tribu estaba informada de que llegaría. Sin embargo, siempre creyó encontrarse con un hombre blanco, grande, con ojos verdes. Tenía noticias de que era un australiano. Pero quien llegó aquella tarde-noche a su tribu no era un ser humano ni de tez muy blanca ni muy oscura. Lo que más llamó la atención a Yandú fue su enorme sonrisa, su fortaleza física y que le hablaba en su lengua. Ella lo comprendía perfectamente, no necesitaría ni el inglés ni el español aprendido en Lima.

—Trabajamos unidos poco más de un año. No solo hacía lo que hacía para nosotros, era un antropólogo y también profundizaba en la vida y costumbres de otras tribus; pero instaló sus modernos equipos en una covacha que la gente de mi tribu construyó para él. Allí permanecía casi todo el tiempo. Desde la covacha recibía y mandaba instrucciones a los directivos de su organización, se adaptó perfectamente a nuestro estilo de vida.

Por motivos de trabajo, los viajes a Iquitos de Yandú y Dainan se hicieron más frecuentes, le cuenta a Tania. Los recorridos por el bello malecón de esa ciudad, desde el cual se observa el bucólico paisaje amazónico, con la corriente del Otaya de por medio, los absorbía en las tardes.

Si es posible que un peruano como Huáscar se enamore de una tailandesa como Narissara, ¿por qué ha de ser extraño que una aborigen americana como Yandú se enamore de un aborigen australiano como Dainan? ¡Nada tiene de imposible, de malo o de raro!

—Una noche, en Iquitos, cometí la locura de estar con él —confiesa Yandú.

—¡No me digas! —Tania, adolescente al fin, se muestra muy interesadita.

—Fue en un famoso hotel de Iquitos. Después de esa primera vez, por mucho que hubiera tratado de ocultarlo, todo se iba a descubrir. Yo estaba comprometida, por un interés familiar, no por amor, para ofrecerme en matrimonio al hijo del hermano de mi padre. Es una costumbre de muchas tribus, que buscan así fortalecer siempre los lazos de la familia y que nada ajeno las contamine.

—A ver, Yandú, aclárame, que me confundes... Dijiste el-hijo-del-hermano-de-tu-padre.

Tania comienza a razonarlo, pero Yandú aclara en un santiamén.

—¡Mi primo, hija!

—Ah, sí, tu primo, ¡verdad! Es que dicho de la manera en que lo dijiste, puede crear confusión.

—Precisamente por eso lo dicen así, para no sacar a relucir lo estrecho del parentesco.

—Y... ¿eso se mantiene?

—Quizás no con tanta fuerza, pero sí, aún se mantiene. Ten en cuenta que, como ya te dije, muchas costumbres y tradiciones de los amerindios se respetan, a pesar de su integración a la civilización occidental, o como quieras llamarla. Eso yo lo encuentro muy correcto, aunque haya actuado de la manera en que lo hice.

—Entonces, huiste con él y fuiste a dar a Australia.

—Sí, una noche, apenas unas horas antes de terminar su trabajo en la tribu, me propuso «ir a ver canguros».

—¿Al zoológico?

—Eso mismo pensé al principio, pero no. Dainan quiso que me fuera con él a su país.

Yandú guarda varios segundos de silencio, como si tratara de seleccionar correctamente sus próximas palabras. Tania la comprende. También permanece callada, vuelve a reinar por unos instantes el profundo sonido de la selva.

—Le dije que sí, en primer lugar porque lo amaba. En segundo, porque mis años en Lima me deslumbraron. Comencé a sentirme atraída por sus luces, el movimiento constante, la vida en sociedad, el ambiente cultural, los cines, los teatros. Fue muy duro el contraste, a pesar de todo lo negativo que encierra vivir allí, sobre todo para una persona de apenas diecisiete años.

—Algún día conoceré la ciudad y tendré la posibilidad de hacer la comparación yo misma, me dice mi padre.

—Estoy segura de que sí. La otra razón por la que acepté su ofrecimiento de conocer los canguros se sustentaba en la idea de que todo se descubriría cuando mi primo me tomara en matrimonio:

había perdido la virginidad. En nuestra tribu, como en muchas otras, ese detalle todavía es importante.

—¡Huy, qué problema!... Quiero decir, problema con la tribu, porque en Mapai, aunque está en la Amazonía, nunca lo ha sido.

—Sí. Estaba segura de que mi manera de actuar ocasionaría una división en la familia. Aquella misma noche, él habló con sus representantes en Iquitos. Yo, desde que fui a estudiar a Lima, tenía mis papeles en regla. Le dejé una carta de despedida a mi padre y volé hasta Australia. ¡Un hermoso país!

—¿Por qué regresaste?

—Al principio todo fue muy bien, pero en la medida en que pasa el tiempo, se extraña demasiado el lugar donde realmente perteneces. Sobre todo si no respiras su aire por más de diez años.

—Aunque no hayas echado raíces.

—¡Exactamente! Aunque no hayan echado raíces, las semillas siempre quedan en el corazón y se les hace muy difícil germinar en un terreno desconocido. Lamento mucho no haber aprendido antes la lección del bambú.

—¿Y Dainan?

—Está allá, en Australia, trabajando aún mucho por los derechos de sus pueblos.

—¿Y el amor?

—Se soltó de la mano de la locura al cabo del tiempo. Me vi sola en aquel país, bello pero muy extraño para mí. No tuvimos hijos.

A esa altura de la conversación, Yandú siente la necesidad, otra vez, de guardar silencio. En fracciones de segundo recorren su mente infinidad de recuerdos, sobre todo aquellos que aún guarda de sus últimos días en Sídney, la hermosa y moderna ciudad australiana, donde vivió buena parte del tiempo en aquel país.

—Un día, leí una novela de Jack London.

Tania se asombra un poco del viraje que Yandú da a la conversación.

—¡Jack London! ¿Quién es ese? —la joven expresa con naturalidad su desconocimiento.

—Un gran escritor norteamericano.

—¿Cuál es el título?

—*La llamada de la selva*. Lo escribió hace muchos años. Una tarde, cuando terminé de leer el libro, allá en Sídney, en medio del otoño australiano, abrí el amplio ventanal del cuarto, a más de cincuenta metros sobre el nivel del mar, y salí a la terraza. Recuerdo perfectamente el golpe del viento en mis mejillas...

Yandú se concentra, impregna a su historia el mismo poder histriónico con que narra las leyendas amazónicas que tanto gustan a Tania. La joven no se cansa de escucharla, no deja escapar una sola de las palabras de su nana, devenida amiga y confidente.

Tania advierte cómo ella misma disfruta en sus mejillas de aquel golpe del viento, hace suya la historia de Yandú, sobre todo cuando le cuenta que, con sus ojos cerrados, logra transportarse hasta la pequeña colina que se eleva muy cerca del caserío de la tribu, en medio de la selva Amazónica...

—Las luces de la inmensa ciudad se apagan todas a la vez —dice Yandú...

Se hace rodear por la oscura noche, impenetrable como el granito de su Amazonía. El ruido incesante de los autos, cláxones, aeroplanos y hasta el zumbido penetrante de alguna que otra nave dispuesta a cruzar la atmósfera terrestre, que sojuzgan las veinticuatro horas del día a la inmensa urbe australiana. Allá, al otro lado del mundo, se transforman en el crujir de ramas, graznidos de aves, rugir de fieras y chirriar de insectos... El olor a ciudad, ese que viene acompañado siempre de tizne negro, muchas veces imperceptible, pero nunca menos peligroso, se desencaja en el húmedo aroma, cargado del olor a flores y hojas secas, que domina la ladera de la pequeña colina...

Es en ese momento que viene a su mente, con toda la intensidad del personaje, el perro Buck, el gran animal protagonista de la novela más atrayente que ha leído desde que vive en Sídney. El más atrayente porque, salvando el hosco ambiente que siempre rodeó al animal, saturado de extrema violencia, es el personaje que más identifica con ella misma. Recurre a su mente un fragmento del hermoso pasaje literario de London, releído una y otra vez. Ese pasaje en el que el perro, ya sin dueño, sin ataduras humanas, decide regresar a su hábitat, por muy arisco que pueda presentársele.

Se dice que los amerindios tienen memoria prodigiosa y nunca olvidan aquello que se disponen a recordar siempre. Yandú respira profundo, como si se dispusiera a practicar un ejercicio de meditación. Visualiza renglón por renglón, palabra por palabra, aquella escena escrita hace más de doscientos años, una muestra imperecedera de que lo bello, cuando cala el corazón, no se relega jamás:

Poco a poco el perro Buck siente cómo los aullidos se fueron haciendo más claros y cercanos. De nuevo, el animal supo que los había oído en aquel otro mundo que aún vivía en su memoria. Buck se dirigió al centro del claro del bosque y escuchó. Era la llamada, la llamada tantas veces escuchada. ¡La llamada de la selva...!, que sonaba ahora más atractiva e imperiosa que nunca. Y más que nunca Buck estuvo dispuesto a obedecerla, su dueño había muerto. El último vínculo con los humanos se había roto. Ni el hombre ni sus lazos lo retenían ya...

Aunque estaba convencido de que debía hacer frente a una manada de lobos furiosos y hambrientos que se acercaba como una avalancha de sombras plateadas por la luna... Buck corrió en pos de la llamada.

¡Pobre Buck! *pensó Yandú después de repasar en su cabeza el pasaje novelístico de London.* Si me comparo contigo, soy un ser humano dichoso. Nunca fui arrancada violentamente de mis raíces, no me espera una manada de lobos furiosos y hambrientos, nunca tuve un amo. Solo me motivó un amor, ahora lejos pero tampoco muerto. Si a pesar de todo fuiste capaz de escuchar y obedecer la llamada y regresar, ¿por qué yo no voy a poder?

Abrió los ojos y vuelve a ubicarse en Sídney. Abandona el balcón, a más de cincuenta metros sobre el nivel del mar. Entra a su habitación, mete unas cuantas pertenencias en una maleta, revisa sus documentos y sale. Diez horas después, aterriza en Iquitos...

Tania, más que escuchar y disfrutar, vive la intensidad de la historia. Sin embargo, su curiosidad de adolescente la impulsa a seguir preguntando.

—¿Tu padre nunca respondió tu mensaje? ¿Cómo acogió tu partida?

—Ya en Sídney, con los mismos representantes de Dainan, me envió su respuesta.

—¿Qué te dijo?

A estas alturas de la conversación, Yandú parece aflojarse. Sus palabras afloran entrecortadas.

—¡Fue dura su respuesta!

Tania, por un momento, tiene la sensación de que su nana romperá en llanto.

—Si quieres no me respondas. Perdona, no quise ponerte mal.

—No, no me pones mal, todo lo contrario.

Yandú se recupera. La adolescente experimenta un profundo alivio.

—Tengo que agradecerte mucho que me permitas contarte todas estas cosas. —Yandú hace un breve silencio—. Solo me escribió: «No vuelvas jamás. Para los miembros de la tribu, tú yaces en las profundidades del río, eres una víctima más del Yacuruna».

—¿Y qué es el Yacuruna? —pregunta Tania con recelo.

Quien responde es la naturaleza. Les dedica a ambas un trueno cercano, un estampido portentoso y ensordecedor, que las pone al tanto de que, de un momento a otro, desatará toda su furia amazónica. Motivadas por la conversación, entre enormes cañas de bambú, ninguna de las dos se percata de la oscuridad del cielo a esa hora de la tarde.

El aire sopla más rápido y más húmedo. Los animales se recogen. Hasta el intrépido jaguar se resguarda, pues no comulga con truenos y relámpagos. Su olfato felino le anuncia que se acerca un torbellino. Pero no uno cualquiera. Es uno de esos enormes fenómenos que suelen ocurrir entre los meses de diciembre y abril en la Amazonía.

—Corre, nos mojamos —sugiere Yandú.

Tania, más que huir, saborea la carrera. Se siente libre, disfruta las primeras gotas que chocan en su rostro. Ambas atraviesan el patio de varias viviendas y, por fin, llegan al palacio de bambú. Apenas entran al portal, otro trueno parece reventar detrás de ellas. La lluvia llega compacta, le sigue otro trueno y otro más. Yandú observa que Tania tiene la intención, al parecer, de quedarse en el portal para disfrutar la tormenta, pero la toma de la mano y la obliga a entrar hasta el recibidor.

Huáscar y la muerte

Otra tarde fresca y tranquila de domingo, apenas un par de semanas después del inolvidable paseo familiar por el Amazonas y de que Yandú le contara parte de su secreto, Tania entra al cuarto de su padre y se dirige al balcón. Hoy le parece que extraña más que nunca a la mujer que se ha encargado de criarla y educarla. Los domingos sin ella son, más que un día de descanso, una pesada carga de aburrimiento, a pesar de sus buenas relaciones con los vecinos y los compañeros de aula.

Yandú ha vuelto a salir de la comunidad. Solo dijo que iba otra vez a Iquitos, pero no que, de nuevo, Kamon la acompañaba.

¿Por qué Kamon viaja siempre con ella? Tania, como toda adolescente perspicaz, comienza a sacar conclusiones, para sus adentros.

Es extraño que papá nunca se lo haya preguntado. ¿Lo habrá hecho y no lo sé? Cuando me contó aquel día su secreto, debí preguntárselo; pero entusiasmada por su historia, la verdad es que lo olvidé. ¡Es extraño, muy extraño!

Tania desvía la vista y observa dormir plácidamente a su padre, entra al cuarto y se acerca al camastro. Al parecer, lee una obra relacionada con los monjes tibetanos. Huáscar, cuando lee, se ha percatado Tania, suele tomar notas de frases, refranes y pensamientos «bonitos e interesantes», como él dice, incluidos en los textos. En esta ocasión, lo hace como siempre. Tania, con curiosidad, toma el libro que reposa cerrado sobre el pecho de Huáscar y saca la hoja de notas.

Ve que su padre solo ha escrito un par de frases. Lee la primera: «La muerte es una parte natural de la vida que todos debemos afrontar tarde o temprano».[1]

Tania se estremece.

¡Quizás sea interesante, pero no tiene nada de bonita! No me gusta esta frase, piensa, mientras se percata de que pertenece a un señor al que llaman Dalai Lama.

No se imagina Tania que, ya de mayor, bebería de la obra del famoso guía espiritual tibetano, sería uno de sus pensadores favoritos. Pero hoy lo rechaza. Sus palabras traen como secuela que, por primera vez, la abandone ese pensamiento de adolescente que induce a pensar que los padres son eternos.

Siente un ligero temblor en sus manos. De un impulso, toca el pecho de su padre. Huáscar no se percata, duerme profundamente. Ella se tranquiliza otra vez, nota cómo respira despacito, aunque le extraña que no suelte algún que otro ronquido, uno de esos que provocan la risa de ella y sus hermanos.

Solo descansa de la jornada del día. No «por haber caminado mucho por este mundo», como a veces dice, piensa la adolescente. Respira con tranquilidad, retoma la calma, pero, desde ese preciso instante, comienza a considerar la muerte no como algo ajeno, sino como una realidad que nos acecha a todos, incluso a nuestros padres. ¡Hace bien Tania!

«Duerme con el pensamiento de la muerte y levántate con el pensamiento de que la vida es corta».

Lee dos veces esta otra frase escrita en el papel por su padre. Nadie la firma, nadie se hace responsable de esas palabras, que tampoco le gustan. Aunque piensa que, si su padre las escribe, deben encerrar una gran verdad.

«Si no es de Dalai Lama, debe ser un proverbio anónimo», concluye Tania.

Con cuidado, por temor a despertarlo, introduce otra vez la hoja dentro del libro y lo coloca, no sobre el pecho, sino encima de la mesita de noche, al lado del camastro. Sale otra vez al balcón del tercer piso del palacio de bambú, a respirar aire amazónico, a escuchar susurros y chillidos de animales y a contemplar a Mapai desde esa altura. Ama el diseño armonioso y geométrico de la villa, disfruta del paisaje.

—¡Cuánto amo Mapai! —exclama en voz baja. Se recuesta en uno de los barandales del balcón y se extasía observando los jardines, que dominan la plaza interior y rodean toda la escuela. Le habría gustado admirarlos desde las alturas, montada en una de esas naves aéreas que a menudo atraviesan el cielo amazónico.

—¡Desde allí el paisaje debe ser una maravilla!

Lo que más admira es el diseño de los canteros; son casi perfectos. Entre ellos se abren paso estrechos caminos empedrados, que desembocan directamente en la puerta de la escuela, cuyo interior es dominado, las veinticuatro horas del día, por una exquisita mezcla de olores que emanan de las flores.

Tania disfruta de la gran variedad de orquídeas y bromelias que aparentan ser piñas dibujadas; también de la poinciana, la diosa de oro y hasta de flores carnívoras que, además de servir de adorno, disponen de un buen número de insectos. Por supuesto, no faltan flores más conocidas, no oriundas de la Amazonía, como rosas, claveles y margaritas.

El mismo sistema de redes hidráulicas de bambú que se encarga de abastecer de agua a Mapai, y que se extiende varias millas desde un manantial hasta el centro de la plazoleta central, es el encargado del regadío del hermoso jardín. Cuando más sufre, no es por falta de agua precisamente, sino por exceso; sobre todo en la época más lluviosa del año, entre los meses de diciembre y marzo. Tania se decide, más que disfrutarlo, a formar parte ella misma del paisaje. Se quita los zapatos y baja corriendo las escaleras de bambú, sale a la explanada, abre los brazos, cierra los ojos y respira con fuerza. Al parecer, con la intención de que el aire amazónico bendiga cada uno de los rincones de su cuerpo.

Huáscar despierta bien entrada la madrugada y enciende la luz. A pesar del cansancio que lo domina y que, según advierte, se acrecienta con el paso de los días, se levanta del camastro y camina despacio hasta el buró de trabajo, sobre el cual descansan su viejo equipo computador; un sistema de video holográfico, ya obsoleto pero que funciona «de maravillas»; algunos libros; materiales de oficina; documentos de todo tipo; un diminuto cofre y su no menos diminuta flauta de bambú.

El viejo líder de Mapai advierte con preocupación cómo respirar se le torna cada vez más difícil, a pesar de lo sano del ambiente en medio de la selva amazónica, el indiscutible «pulmón del planeta», y del plan médico que cumple de manera rigurosa.

Se sienta en su austera butaca, detrás de la mesa de trabajo, y toma en sus manos la pequeña y aneja flauta, la misma que utiliza para interpretar sus nostálgicas melodías amazónicas, cuando acompaña las fábulas amazónicas narradas por Yandú. El instrumento, a pesar de su vejez, luce brilloso. Huáscar tiene la costumbre de limpiarlo y pulirlo todos los días. Mide no más de quince centímetros.

Abre un minúsculo cofre, también de bambú, pero recién construido, acabado de lijar y pulimentar. Una obra de arte digna de un carpintero como él. Su tapa tiene estampadas, en relieves bajos, las cinco letras que forman el nombre de Tania. Algo más grande que la flauta, el cofrecillo no mide más de dieciséis o diecisiete centímetros.

El arquitecto, carpintero y líder de la comunidad de Mapai envuelve el diminuto instrumento musical en un retazo de tejido rojo, coloreado, por supuesto, con tintes naturales de la selva. Abre el cofrecillo y lo coloca en su interior. Lo hace con esmero, se diría que hasta con cariño.

Lo cierra otra vez. Es muy parecido a los receptáculos que se utilizan para guardar joyas. Asegura la tapa con un diminuto cerrojo de metal dorado. Inmediatamente, lo ubica en una de las esquinas de su mesa de trabajo. Con marcada nostalgia, lo contempla unos minutos.

Segundos después, Huáscar centra su atención en un documento de dos páginas que ha permanecido sobre el escritorio. Está confeccionado con fibra vegetal, pero no de bambú, la misma usada por los especialistas de Mapai para elaborar papel para la escuela de la comunidad.

Las dos páginas, escritas a mano, muestran letras muy parejas y perfectamente legibles. Huáscar solo le dedica unos pocos segundos, los suficientes para cerciorarse del título: «Mi legado: el secreto del bambú». Lo enrolla y le ata un fino cordón, también rojo, a todo su alrededor. Lo sitúa al lado del cofre que contiene la flauta.

Revisa su equipo de video holográfico. Dicen que es obsoleto, pero es muy eficiente, afirma el viejo líder de Mapai. Trabaja con un sistema de prismas y rayos láseres, fuera de uso en esos tiempos, pero Huáscar lo mantiene en la oficina. Lleva muchos años con él y nunca le ha fallado. Chequea el mecanismo del equipo y repasa el material grabado en su memoria interna.

—Yandú sabe todo lo que tiene que hacer cuando suceda lo que tiene que suceder. —No lo piensa, habla en voz baja, pero con seguridad. Se reacomoda en la rígida silla de bambú. Acto seguido, abre una de las gavetas de la mesa de trabajo, extrae varias carpetas, nada modernas tampoco, revisa y ordena papeles.

Complacido, vuelve a colocar todo dentro de la misma gaveta y la cierra. Huáscar no acostumbra guardar sus escritos o documentos en ninguna memoria electrónica. No es que desconfíe de la tecnología, pero en su gaveta, dice, no hay posibilidad de que entre un hacker.

Es cierto que los sistemas de seguridad a finales del siglo XXI son muy sofisticados, pero aquellos que se dedican a husmear electrónicamente a los demás, por la razón que sea, también desarrollan sus métodos. Nunca se quedan atrás. Siempre está presente el riesgo de ser víctimas de sus malsanos deseos.

Sin embargo, Huáscar no reniega de la tecnología moderna. Cuando lo considera necesario, la utiliza. Por ejemplo, la grabación del video holográfico que revisa ahora, con el título «Mi legado: El secreto del bambú», es un documento que considera imprescindible almacenar en formato electrónico, y así lo hace. Pero, según cree, nada tiene de malo que guarde también el texto escrito de su puño y letra, el mismo que lee en la grabación, así como una copia del video.

Otro documento importante que revisa esa madrugada es su libro biográfico, que acaba de escribir hace solo unas horas y ya guarda en su computador.

Después de revisar decenas de documentos grabados y escritos, entre los cuales se encuentra también alguna crónica que da fe de sus aptitudes periodísticas, el viejo líder de Mapai, a pesar de la fatiga que lo domina, centra su atención en la pantalla del computador. Tiene la intención de, como dicen los escritores, dar la «última pasada» al libro. No escribe, solo revisa a la ligera el texto de más de doscientas páginas. Lo hace rápido, al parecer con la única intención de darle el visto bueno final. Es un trabajo que le tomó años y que ha venido corrigiendo poco a poco, según escribe.

—¡Sí, está completo! —expresa satisfecho—. Llegué a pensar que no podría terminarlo, que este corazón mío no me lo permitiría, pero lo logré.

Experimenta un inmenso alivio, como quien se quita una pesada carga de encima. Se siente feliz, ha cumplido uno de sus grandes sueños.

—Solo falta el título... ¡El título!

Se reacomoda por segunda o tercera vez en su rígida silla. Con un simple movimiento de sus párpados, las páginas en el monitor suben y bajan. Trata de encontrar una palabra, una frase o una sencilla idea que le ofrezca una pista que pueda ser utilizada para el título de la obra.

—Un título... ¡un título!

Ordena al computador regresar al inicio del libro, a la primera página. Obediente, la fabulosa creación humana, a pesar de sus años, le muestra, en apenas fracciones de segundo, los renglones iniciales de su manifiesto literario.

—No es nada fácil poner nombre a la obra que recoge tu vida en solo doscientas páginas —se dice a sí mismo.

Vuelve a recorrer de arriba abajo todo lo escrito. A pesar del cansancio y la respiración entrecortada, su complacencia es inmensa. Acaba de terminar uno de sus grandes compromisos con la vida:

escribir un libro. Entonces, recuerda a su madre cuando le decía: «Huáscar, si de verdad quieres que tu vida tenga sentido, has de sembrar un árbol, tener hijos y escribir un libro».

—Árboles, no me puedo imaginar cuántos he sembrado. ¡Solo de bambú han sido miles! Tengo tres hijos... y aquí está mi libro. ¡He cumplido contigo, madre mía!

¡Cuánta complacencia experimenta Huáscar en ese momento!

Además, de acuerdo con sus criterios, no ha escrito un libro cualquiera. Es la obra que recoge sus experiencias, su transformación como ser humano, dispuesto siempre al cambio para bien, aunque para ello se haya visto en la necesidad de volver a lo natural, a lo más simple.

Es la historia de un hombre que lucha por sus sueños, que sabe reponerse de cada uno de los contratiempos y que, a pesar de todos los golpes que le da la vida, nunca acepta un fracaso como punto final. Un ser humano que amó vehementemente a sus dos esposas y que ahora ama, con el mismo ímpetu, a sus tres hijos, a la Amazonía y a su proyecto de vida: Mapai.

Huáscar defiende con frenesí y con claridad absoluta en su libro el Proyecto Mapai. Reitera que no es una negación de la civilización, ni mucho menos una actitud hostil contra todos los adelantos tecnológicos que marcan los caminos de la existencia humana a finales del siglo XXI. Todo lo contrario. Lo expresa bien claro.

Siente necesidad de explicarlo, las veces que sean necesarias, por cuanto su Proyecto Mapai puede ser malinterpretado por muchos y tergiversado por otros. De hecho, ya lo ha sido.

Se esmera en demostrar cómo esa comunidad no es una creación de locos, ni de tontos, ni de fundamentalistas que lanzan sus dardos envenenados contra los adelantos sociales y técnicos forjados por la pasión y la mente humanas, como algunos detractores pretenden demostrar.

¡Ni la más bella de las obras escapa de las garras de las malas intenciones! piensa Huáscar. *Pero las malas intenciones hay que enfrentarlas con convicción, entusiasmo, optimismo actitud mental positiva. No pueden amedrentarte, y mucho menos detenerte.*

Siempre se consideró un ser humano dominado por una actitud mental positiva. Así lo expresa en las páginas de su libro. Precisamente, la terminación de esa obra literaria no es más que el resultado de esa actitud mental que lo ha dominado siempre, a pesar de los malos momentos que enfrentó en la vida.

«Cuando vivimos poseídos por una actitud mental positiva —escribe Huáscar—, todo lo que nos proponemos siempre yace a la sombra de lo posible. Por supuesto, si sabemos a ciencia cierta a lo que aspiramos y salimos a buscarlo con esfuerzo e inteligencia.

»La actitud mental positiva —sigue escribiendo—, por sí sola no es un imán del éxito y la felicidad, pero sí una forma imprescindible de enfrentar la vida para hacer realidad los sueños. La actitud de un ser humano no es más que su manera de actuar, es el elemento que define su conducta. Por esa razón, cuando la revestimos de mentalidad positiva, nos convertimos en personas optimistas, confiadas, seguras de nuestros propósitos, sin temores, convencidas de que cualquier obstáculo que nos imponga la existencia puede ser abatido». Separa los ojos de la pantalla del computador y se llena de regocijo.

—¡Aquí esta Mapai! Nada ni nadie fue capaz de detener nuestra idea, porque vivíamos convencidos de que podíamos hacerla realidad y la hicimos.

En otra parte de su libro, recalca Huáscar, Mapai solo desea dar a conocer al mundo que lo realmente nocivo es extraviarse en un laberinto de tecnología. Expone que, a pesar de existir en un mundo globalizado y ultradesarrollado, siempre es bueno vivir la experiencia de lo sencillo y reconocer el punto desde el cual todos partimos y al que debemos nuestro mayor respeto: la naturaleza.

Explica con sinceridad y amor el porqué del bambú, cuánto esa planta, que considera una obra maestra de Dios o de la naturaleza, lo inspira, sobre todo en la esfera de la espiritualidad, pero sin soslayar sus bondades utilitarias.

Escribe cómo descubre el secreto del bambú y la manera en que ha sido capaz de adoptarlo como filosofía de vida. Define qué es y dónde radica, según sus puntos de vista, el verdadero secreto del bambú.

Habla de cómo surgen allá, en la hermosa y lejana Tailandia, las primeras ideas que dan forma al Proyecto Mapai. De cómo brotan en medio de un terrible y doloroso momento: la muerte de su primera esposa. A partir de entonces, Huáscar ya se considera una persona marcada por la muerte, aunque su existencia puede considerarse como todo un canto a la vida.

Primero mueren sus padres, aún jóvenes ellos y él; luego, la hermosa e inteligente Narissara, madre de Kamon y Khalan; la esposa cuyas ideas, sustentadas en la espiritualidad infinita del bambú, lo transportan más allá de las concepciones utilitarias y profesionales de esa noble planta. Dichas concepciones precisamente lo llevan, hace ya casi sesenta años, a visitar la exótica Tailandia.

Recuerda también Huáscar aquella tarde cuando muere en el parto Sabrina, otra extraordinaria mujer, la madre de Tania. Ella lo apoya sin reservas en su proyecto y es una de las artífices de Mapai, por cuya iniciativa se selecciona ese preciso y apartado lugar de la Amazonía peruana.

Sabrina, un ser humano que exponía su grandeza cuando se dispuso, sin reparos, a priorizar la vida de su descendencia, aún en el vientre, ante la suya propia.

Huáscar acaricia a ambas mujeres en el libro, las envuelve en lisonjas de amor y agradecimiento. Narra sus lances como padre solitario, empeñado en cumplir sus sueños; optimista, nunca vencido, ni por la muerte que lo ha rondado siempre, ni por las dificultades cotidianas que debe enfrentar cualquier ser humano, dispuesto a cumplir sus anhelos a fuerza de paciencia, voluntad y amor.

Sin embargo, Huáscar vive convencido de que su corazón ya ha latido lo suficiente. Lo percibe fatigoso, aunque luchando por mantenerle la vida, como si el propio corazón estuviera persuadido de lo imprescindible de su existencia. Por esa razón se dedica, esa madrugada, a organizar papeles y a revisar ideas. La muerte lo ha rondado siempre. En cualquier momento llega, también atraída por la brisa de la Amazonía.

Lo tengo que hacer de un momento a otro, no puedo esperar mucho, se dice.

Sabe que no dispone de mucho tiempo. Huáscar no lo duda, su respiración entrecortada le acarrea malos augurios. Mucho han alargado su vida los remedios naturales de la Amazonía, así como otros medicamentos convencionales que en nada contradicen sus posiciones naturalistas y éticas, pero...

Ochenta y cuatro años de quehacer constante, piensa el viejo líder, *a veces son demasiados hasta para la naturaleza misma.*

Ahora no se rasca. Solo se pasa la mano por la cabeza, nota cómo la impaciencia lo domina.

Me preocupa esa conversación con Tania. Puede convertirse en un asunto traumático para ella, no es fácil hablar a una adolescente de la muerte de su madre y de la próxima muerte de su padre.

En ocasiones anteriores, Huáscar ha dejado entrever a su hija su delicado estado de salud, la viene preparando. Cada vez que puede, le dice:

—Querida hija, ya estoy en tiempo de descansar de este andar por la vida.

Ella, mientras lo escucha, a veces sonríe en medio de su inocencia, se muestra incrédula.

¡Será una conversación muy difícil, pero imprescindible! De pronto, sus pensamientos vuelven a ser dominados por el libro aún sin título. ¡Por la gran obra aún sin nombre! Su mente vuela de un tema a otro, al parecer, sin rumbo fijo. Huáscar comienza a debatirse en medio de un letargo, en el epicentro de una voluble irrealidad oníri- ca. *¡Nada tiene de fácil poner título a un libro de esta naturaleza! Es comprimir la vida a tres palabras, cuando más.*

Se obsesiona, le pasan por la cabeza casi una decena de tér- minos muy cercanos a él. *Vida, bambú, amor, muerte, selva, Amazonía, Mapai, Mapai, Mapai...*

Repite varias veces el nombre de la comunidad. Recuerda cuán- to disfrutaba escuchar esa palabra pronunciada por los tailandeses, la facilidad con que lo hacían.

A decir verdad, piensa Huáscar, *bambú no se pronuncia «mapai». No es así, exactamente. La fonética tailandesa encaja, al parecer, una «t» después de la «p». Algo como «maptai»... ¡Ufff, eso dificulta mucho la pronunciación para los que hablamos español!*

Recuerda una ocasión en la que la misma Narissara le sugirió:

—Elimínale la «t», yo te voy a entender de todas formas. Hazla más fácil para ti, yo te comprenderé siempre.

En medio de esa muestra de dulzura, comprensión y afecto, es que surge «mapai», la palabra que se convertiría en un símbolo para su vida.

Los pensamientos se le disgregan en ese instante, se les escapan de la mente o se entrelazan unos con otros. Narissara, Tailandia, el bambú y hasta la palabra «mapai» se borran como un soplido. De pronto, Huáscar, aún sentado en la rígida silla frente a su computador, advierte cómo escapa de la realidad. Disfruta de una sensación agradable, diríase que rebozada de confort, aunque su vista se nubla... No llega a comprender cómo, manejado por lo más profundo de su subconsciente, afloran así, sin esperarlas, profundas doctrinas del Dalai Lama relacionadas con la muerte. En medio de la somnolencia que lo domina, dice para sí las ideas del líder tibetano, lo hace casi textualmente:

«El instante real de la muerte es también la ocasión en que pueden presentarse las experiencias interiores más profundas y beneficiosas. Mediante la repetida familiarización con los procesos de la muerte por medio de la meditación, un meditador experimentado puede aprovecharla, para alcanzar una gran realización espiritual».[2]

Huáscar rebasa el letargo.

Al parecer me estoy quedando dormido, entrecruzo pensamientos, se dice. Ahora sí se rasca la cabeza. Pero... ¡Con cuanta profundidad habla el Dalai Lama de muerte y espiritualidad! Me enorgullece pensar que la espiritualidad y el amor nunca han escapado de mi vida.

Disfruta ese momento, le parece respirar con más facilidad.

¡Bendita Amazonía! piensa.

Se levanta, retoma lento el camino hacia su camastro. *En momentos como este, lo correcto es volver a la cama, descansar y, mañana, ya más despejado, seguro que aflora el título del libro, algo que ahora parece imposible. Pero la palabra «mapai» seguro que la utilizo, significa mucho...*

Camina despacio, sus pasos, descoordinados como sus pensamientos, lo llevan al camastro. Se acuesta con la convicción de que encontrará el título en cuanto vuelva a levantarse. La salida del sol lo inspira, lo sabe.

El viejo Huáscar se cubre con su fina frazada. Las paredes de bambú son un aislante casi perfecto, pero hoy se le hace muy difícil resistir el frío. La brisa nocturna de la Amazonía ha golpeado toda la noche. Su habitación, en la planta superior del palacio de Mapai, adquiere un semblante gélido, a pesar de la protección del bambú. Siente que la habitación se congela...

¡Está muy fría! Huáscar tiembla sobre su camastro. Se cubre hasta el cuello. Un temblor ligero, pero constante, recorre su cuerpo. *¡Fría la noche!*

Toma otra frazada más gruesa y se cubre también con ella. Disfruta instantes de atractiva tibieza. Desaparece el temblor, liviano pero desagradable.

Recorre su pensamiento el recuerdo de otra noche, también fría, pero allá en la querida Tailandia, cuando Narissara comienza a sentir temblores similares en su cuerpo. Kamon y Khalan eran muy jóvenes... Aquellos temblores de Narissara no eran un resultado de la baja temperatura ni del viento frío que se colaba a través de las ventanas. Eran producidos por la fiebre, por la reacción lógica de su cuerpo ante la entrada de un agazapado, mutante y peligroso virus, alimentado, fortificado durante años en medio de la realidad más emponzoñada. Virus casi inmune, invencible a pesar de los adelantos médicos. Nada se pudo hacer. Ni siquiera los más adelantados medicamentos, naturales o químicos, fueron capaces de subyugarlo.

Ese doloroso momento forja aún más en su mente, corazón y espíritu, la convicción de hacerle entender al mundo la necesidad de un esfuerzo unido en pos de eliminar o reducir al mínimo el peligro de la contaminación, provocado por el desarrollo tecnológico exacerbado, digno de la más impura ceguera y ambición humanas.

Surgen, en medio de los golpes de esta dura realidad, sus primeras ideas tendientes a la creación de una villa, una comunidad, congregación, como quiera llamársele, que demuestre al mundo que es posible vivir en armonía con la naturaleza. Que nada tiene de beneficioso existir consumido por un materialismo exacerbado, en medio de un planeta donde la tecnología, más que contribuir a la felicidad y el bienestar de los seres que lo habitan, los ha esclavizado.

El planeta Tierra sufre los embates del calentamiento global, la contaminación de ríos y océanos. Las ciudades se han convertido en vertederos de desechos, la naturaleza es saqueada y destruida con nefastas consecuencias. Narissara es una de las tantas víctimas.

Levantará la villa en un lugar emblemático de la tierra, por su resistencia a estas oscuras ambiciones de la especie humana. Será en homenaje a su fallecida esposa. Solicitará la cooperación de muchos que piensan como él. No puede ser un proyecto individual, tendrá que nacer en colectividad, como crece el bambú, planta que se convertiría, a partir de entonces, en su principal sustento espiritual y material. Esa es la génesis de Mapai, su gran sueño. Un inmenso mensaje de amor y vida a la especie humana. Ahora su artífice se consume...

¡Lo logré! ¡Cuánto orgullo! Todo revolotea esa noche en el cerebro de Huáscar. A pesar de las dos frazadas, siente otro ligero temblor. Lo abandona la agradable tibieza que ha disfrutado por unos minutos. Trata de concentrarse y dormir, pero no puede.

¡Todo este malestar se debe a mi preocupación por el título del dichoso libro! Reaparecen, sin proponérselo, más preocupaciones.

Mi legado ya está escrito y Yandú sabe dónde encontrarlo. Solo ella conoce mi situación. ¡Bendita Yandú! Solo una mujer como ella es capaz de hacer lo que hizo... Lo de Tania también está preparado, todo está en orden. Ahora debo dormir.

Pero ya no controla su mente, aunque su cuerpo comienza otra vez a disfrutar de una calidez hermosa. Se siente arrastrado por rumbos desconocidos, en medio de una cómoda sensación de luz y felicidad, imposible de ser descrita. Su respiración se torna suave... muy suave. Al menos así la experimenta Huáscar. En un santiamén supremo, surgen ante sí los rostros más cercanos y queridos. Unos lo despiden con lágrimas: Tania, Khalan, Kamon, Yandú, sus amigos y compañeros de Mapai, aquellos que compartieron su sueño. Otros lo reciben con sonrisas: sus padres, Narissara, la valiente y querida Sabrina, amigos y compañeros que tiempo atrás compartieron sus anhelos.

Huáscar se va yendo como siempre anheló: tranquilo y en paz consigo mismo, como dicen que murió Tolstoi, pero no en una estepa cubierta de nieve, sino en medio de una madrugada embebida por el húmedo y frío olor de su adorada Amazonía. El mismo olor húmedo y frío que lo vio nacer, hace ya ochenta y cuatro años.

Sin embargo, aún tiene tiempo para recordar fugazmente su feliz infancia, sus amores adolescentes, versos de Neruda y Benedetti, hubiera querido recitar algunos en voz alta, pero ya no puede.

Emanan momentos cumbres, como el nacimiento de sus tres hijos, su primera gran obra como maestro carpintero, elaborada con bambú; los días iniciales de Mapai... recurren, unas tras otras, innumerables imágenes de su existencia a manera de divina extremaunción, o quizás como parte de la meditación final de la vida, que realza la realización espiritual, como señala Dalai Lama. Los años de vida por fin se le escapan... su póstumo aliento se diluye... como era su deseo... en medio de la perfumada brisa amazónica.

La muerte recibe a Huáscar en lo alto, con un abrazo. ¿Por qué no? Ella también agradece la buena obra de la vida.

La naturaleza no tiene celos como los hombres, no tiene odio ni miedo... no cierra el paso a nadie porque no teme de nadie.

—José Martí[5]

LA AMAZONÍA, 3 LA POLÉMICA

L a Amazonía reta al tiempo a pesar de la ingratitud de muchos hombres. Mantiene su vida infinita, su indescifrable laberinto de arbustos, árboles y flores, animales, húmedas penumbras, 111 ríos inmensos, civilizaciones veladas y leyendas humanas y divinas.

El embate de aquellos dispuestos a devastarla, en otra irracional cruzada en nombre de la civilización, no la acobarda.

La Amazonía vive, respira y bendice con aire puro, incluso a quienes apuestan por su destrucción. ¡Cuánta nobleza! ¡Ayuda a existir también a los empeñados en borrarla de la faz de la tierra! Seres inhabilitados para comprender que ni la más adelantada maquinaria hija de la creación humana es capaz de crear una flor o una burbuja de aire puro o una gota de agua cristalina.

Es un ingente jardín con la elegancia de lo elemental. Un surtidor de vida, la más legítima expresión de lo natural y lo originario en este mundo superpoblado, ruidoso, de ritmo atropellado a veces agobiante, de vuelos regulares más allá de la atmósfera terrestre, de comunidades en la luna o en el trayecto hacia Marte, de megalópolis deshumanizadas e inventos científicos que dejan boquiabierto al más iluminado escritor de ciencia ficción.

La Amazonía es noble, pero por siglos ha tenido que defenderse. No se le perdonaría un descuido, y ella lo sabe. ¡Y se defiende! Tiene a su favor inaccesibles parajes, calor y humedad agobiante, insectos y fieras al acecho, reptiles agazapados y una madeja innavegable de corrientes fluviales, caudalosas, profundas e infectas de pirañas y yacarés. La Amazonía sabe y tiene cómo defenderse. ¡Por eso aún existe!

Desde el espacio, a miles de millas de distancia, quienes la observan una noche cualquiera del año 2085, la advierten como un inmenso agujero negro en medio de la luminosidad artificial de los centros urbanos que la asedian. Esa misma luminosidad artificial que ha tratado de deslumbrarla durante siglos, pero que siempre queda ciega en medio del intenso y húmedo verdor de sus entrañas.

Sin embargo, muchos seres humanos la conquistan, logran poner a su servicio toda esa grandeza natural. Son aquellos que la conocen, la respetan y la aman, los que admiran su esplendor y defienden lo preciso de su eternidad.

La conquistan los que alaban su espiritualidad, inteligencia, organización y belleza; los que, además de entenderla y no pretender cambiarla, la tratan como a una novia coqueta, ávida de amor, que responde enamorada y agradecida.

A finales del siglo XXI, la Amazonía es uno de los pocos reductos naturales de los que dispone el ser humano en el planeta, es el reverso de una moneda que exhibe con pompa su anverso de civilización y modernidad. La Amazonía es uno de los iluminados territorios que permiten al mundo disponer, aún, de dos caras.

Entre los que la conquistaron, admiraron su esplendor y defendieron siempre lo necesario de su eternidad, estuvo el viejo Huáscar, un ser humano que no escatimó esfuerzos para aprovechar todas las potencialidades que le dio la vida. Uno de esos que no se cansó nunca de soñar, impelido por la fuerza de una pasión infinita, pero que, ya en el camino de la consecución de sus sueños, se deja guiar por la mano de la razón, de su inteligencia, de los conocimientos y la experiencia adquirida durante muchos años de andar y desandar por un mundo en constante desarrollo.

Hoy la Amazonía recibe a Huáscar agradecida y triste, pero con sus brazos abiertos. Como testigos que runrunean su dolor: las orillas del río. Allí descansan desde hace casi quince años los restos de Sabrina, su segunda esposa y madre de Tania. A su lado yace ahora Huáscar.

Todo Mapai está de luto. Alguna prensa nacional e internacional se da a la tarea de informar sobre la muerte del guía de una comunidad sui géneris, en medio de la selva; una comunidad, según dicen, formada por seres humanos que quieren escapar de la realidad.

Habrá que esperar, tres, quizás cuatro años, después de que se haga público su libro —aún sin título—, para que el mundo conozca la verdadera razón de las ideas de Huáscar y sus compañeros de Mapai. A esa comunidad, en momentos como este, los más superficiales escribanos y los más cursis lectores le enchapan solo un interés exótico.

Tania, Kamon y Khalan sufren como nadie la ausencia de su padre y guía de vida. Yandú igualmente se debate en medio del dolor que sobrecoge la realidad de Mapai. La muerte de Huáscar la priva de un ser humano que supo comprenderla desde su misma llegada, de alguien que admiro profundamente y a quien, en un momento de catarsis impostergable, le contó parte de su historia. Gracias a él ha aprendido a querer a la comunidad cada día más, en la medida en que se adentra en los verdaderos ideales que la hacen posible.

Su amor por Tania es inmenso, lo comparte con sus hermanos. Crece su respeto y cariño por la Amazonía, la tierra que la vio nacer. Crece su apego a la espiritualidad del bambú. Yandú se ha convertido en uno de los miembros más respetados y con mayor influencia en la comunidad. Incluso es elegida por sus habitantes para formar parte del reducido grupo de personas que asumirá el mando de la villa hasta que sea posible nombrar un nuevo guía.

Todos son muy allegados a Huáscar, formaron parte del primer grupo de personas que estuvo dispuesto, sin titubeos, a hacer realidad la idea de Mapai y la filosofía del bambú.

Nada fácil será la tarea para este pequeño grupo que ahora encabeza la villa. Toda comunidad que pierde a su líder se conmociona; aún más cuando deja huellas imperecederas.

Si se actúa a la ligera, el descontrol puede echar abajo en minutos lo que tardó años en construirse. Un estado emocional dominado por el dolor y la falta de control, cuando se adueña de un colectivo, arrastra malas consecuencias. La anarquía puede enseñar sus fauces, la escisión de sus miembros es un hecho casi imparable, el peligro de la desintegración late más fuerte que nunca.

Mapai corre hoy, como nunca antes, el riesgo de desaparecer, a pesar de sus buenas intenciones.

Aquella noche triste, la que sigue a las horas de los funerales, los familiares más allegados de Huáscar se reúnen en el salón principal del palacio de bambú; por supuesto, Yandú está presente. Khalan, el menor de los hermanos varones, siente necesidad de hablar. No aguanta más la preocupación que lo agobia desde hace meses, cuando se percata de que las energías de su padre merman día tras día.

—Me preocupa la existencia física de Mapai, que pueda mantenerse así, como una comunidad. ¿Cómo vamos a mantenerla viva, ahora que falta nuestro padre? Su liderazgo es innegable. Algunos ya manifiestan abiertamente que es tiempo de marcharse. No estoy seguro de que el grupo que enfrenta la dirección de la villa, con todo el respeto que se merece Yandú, pueda mantener unida a la comunidad, a pesar de sus buenas intenciones. Los más jóvenes, sobre todo, sienten atracción por el mundo exterior. Eso es inevitable. Si no logramos que el nuevo liderazgo los atraiga, los perderemos, y Mapai sin jóvenes desaparecerá físicamente de un momento a otro. Digo físicamente, porque estoy seguro de que la mayoría siempre llevará en sus corazones el espíritu de la villa.

Todos dirigen la mirada hacia Kamon. Conocen sus intenciones de abandonar la comunidad. Sin embargo, no está dentro de sus intenciones permitir que Mapai desaparezca. Solo desea, explica una y otra vez, probar suerte en alguna ciudad, preferiblemente suramericana. Al menos ese es el argumento que esgrime.

—Sé que es duro, pero no me he casado. Es cierto que en Mapai existen jóvenes bellas y se ha hecho común la práctica del amor entre parejas e, incluso, el matrimonio, pero no concibo la villa para una acción de esa naturaleza. Deseo tener hijos. Viví buena parte de mi vida en una ciudad, y admito que me gusta ese tipo de sociedad, aunque no reniego de Mapai. Quisiera que mis hijos, como yo, también conozcan el otro mundo, el que está más allá de nuestras cabañas de bambú, aunque siempre vaya conmigo su ejemplo. No digo que olvidaré todo lo que he vivido aquí ni que nunca regresaré. No somos una sociedad cerrada ni fanática. Vemos imágenes de todas partes del mundo. A pesar de sus problemas... ¡el mundo exterior también es bello!

Todos escuchan con silencio y respeto el punto de vista de Kamon; sin embargo, a pesar de sus puntos de vista, hace una sugerencia interesante.

—Yo considero que Yandú puede sustituir a papá. Nadie como ella conoce la selva y pocos como ella han acogido, con tanta seriedad y amor, las ideas de nuestro padre. Podemos proponer, como hijos de Huáscar, que sea ella quien lo sustituya.

Khalan y Tania fijan la vista en Yandú, en espera de una respuesta, pero Kamon continúa con su carga de argumentos.

—Yandú transmite sus conocimientos a todos, en especial a los niños y a los recién llegados. Ella no es maestra de la escuela, pero sus lecciones de vida, y hasta sus leyendas, enseñan y cautivan a todos. Nadie conoce la selva y sus misterios mejor que ella, nació en sus entrañas. Yandú seduce, tiene estirpe de líder. Todos quieren tenerla cerca, todos quieren oírla hablar.

Kamon se emociona cuando habla de Yandú. Conoce que guarda un gran secreto, quizás su papá murió sin saberlo, pero confía en ella.

—Kamon, agradezco tus palabras —responde por fin Yandú—. Huáscar y yo hicimos gran amistad. No les puedo negar que, en ocasiones, hasta confabulábamos juntos algunas ideas e intercambiábamos secretos, pero nunca me propuso ser la persona que lo sustituyera después de su muerte.

—¿Te habló de alguien? —pregunta Khalan.

—Nunca mencionó un nombre, pero me dijo en numerosas ocasiones que ya valoraba a una persona para que lo sustituyera. Pero, me recalcó, que ante todo debía demostrar su capacidad y, por supuesto, ser aprobada por la comunidad.

—¿Por qué? —por fin habla Tania.

—Porque Huáscar era del criterio de que los líderes no se designan a dedo —responde Yandú—. Los líderes, me decía, los forma la vida, son aquellas personas que, por su manera de actuar, por su carisma, por el amor que impregnan a su obra, se ganan el respeto de los demás. El líder surge espontáneamente, el colectivo es quien elige a su líder, porque es quien lo reconoce.

—Pero, ¿quién puede ser? —pregunta Khalan.

—Nunca me dijo su nombre, aunque siempre me percaté de que esa persona sería su propuesta.

—Tenemos que averiguar quién es. Es posible que forme parte del grupo que dirige la villa —sugiere Kamon.

—Por lo pronto, por respeto a la memoria de Huáscar, debemos luchar por mantener viva la comunidad —las palabras de Yandú suenan firmes y llenas de convicción—. Hay quienes, no sin razón, sostienen el criterio de que ya, con toda la experiencia adquirida aquí, son más útiles allá afuera.

—Ese punto de vista no tiene nada de desechable. También tiene mucha lógica, aunque no es el mío precisamente —aclara Kamon—. Si yo pudiera desarrollar mi vida personal aquí, no dudaría un instante en quedarme, pero hasta el momento veo que no es posible.

—Ese es tu punto de vista, Kamon. Todos lo aceptamos, no debes preocuparte; pero se enarbolan otras muchas razones para abandonar Mapai, aunque ninguna, lo admito, niega la necesidad de continuar la labor de defensa de la naturaleza, del medio ambiente y la espiritualidad del ser humano, que emprendimos bajo la guía de nuestro padre —afirma Khalan con preocupación.

—Hermano, todos los criterios deben ser respetados, no podemos olvidarlo —vuelve a la carga Kamon—. Ese siempre fue el punto de vista de papá. Por eso podemos afirmar a los cuatro vientos que los habitantes de Mapai somos tan libres como la brisa de la selva. Y eso no lo digo yo, lo decía papá, y todos ustedes seguro que lo oyeron alguna vez.

—Yo respeto tu punto de vista, Kamon. Si tienes aspiraciones personales que no puedes llevar a la práctica aquí en Mapai, no tienes por qué mantenerte en la villa —dice Tania.

—Es así. Kamon es uno de los que desea abandonar la villa. Tiene todo el derecho a pensar como lo hace y de hacer lo que considere conveniente —dice Yandú y deja bien definida su posición.

—Pero si de mi partida dependiera la permanencia o no de Mapai —añade Kamon—, nunca partiría, que quede bien claro.

—Lo sabemos, hermanito —responde Tania—. Pero... ¿puedes decirnos por qué esas aspiraciones personales te impiden vivir con nosotros?

Se producen unos segundos de silencio.

—Hermanita, tengo novia en Iquitos y, hasta el momento, ella no tiene interés en venir a vivir a Mapai. Esa es la razón. Lo lamento.

—No importa, Kamon, no importa. Nada tienes que lamentar. Pero, ¿vendrán a visitarnos algún día, si es que no decides convencerla? —inquiere Tania.

—Por supuesto que sí. No puedo obligarla. Además, creo que podremos ser felices los dos en Iquitos. Es una bella ciudad y está muy cerca de Mapai. A mí me gusta mucho, lo confieso. Me encantaría vivir allí.

Yandú, Khalan y Tania intercambian miradas pícaras. Todos felicitan a Kamon.

—Entonces, Yandú... ¿qué hacemos? —pregunta Khalan otra vez muy preocupado.

—No te preocupes. El proyecto Mapai no morirá, porque no debe morir. De eso, todos nosotros estamos convencidos. Ahora les propongo cumplir el último deseo de su padre.

Con sus palabras, Yandú despierta la curiosidad en todos.

—¿Cuál deseo? —los tres preguntan casi a la vez.

—Huáscar, unos días antes de morir, me dejó encargada de una tarea muy importante para él.

—¿Una tarea? —pregunta Tania.

—Eso mismo, una tarea. Espérenme unos minutos.

Se levanta la nana. Ya no es la misma joven delgada, de físico fuerte, que llega de incógnita una tarde a la villa, hace casi quince años, pero aún se mantiene ágil, llena de vigor y con aparentes ganas de vivir.

Sube por las escaleras de bambú hasta el tercer piso de la vivienda más sobresaliente de Mapai. Se le oye, desde abajo, hurgar entre papeles. En apenas cinco minutos, regresa al grupo. Se sienta sobre las fibras de tejido textil que forran el piso. Trae en sus manos un manuscrito de dos páginas y el viejo equipo portátil de video holográfico de Huáscar.

—Esa es la letra de papá —Tania la identifica de un vistazo.

—Tienes razón, es la letra de Huáscar —confirma Yandú.

—¿Y ese es su equipo holográfico? —pregunta Khalan.

—Sí —otra vez responde Yandú mientras coloca el hológrafo frente a los muchachos—. Huáscar me dejó encargada de que les mostrara esta holografía. En ella dice lo mismo que está escrito en este documento.

Levanta el documento y lo sacude suavemente con una de sus manos.

Todos guardan silencio. Para hacer más sensible la imagen, bajan la intensidad de la luz. Yandú echa a andar el viejo aparato. Un letrero en verde emana en medio de la penumbra de la habitación, flota en el aire, lo conforma, quizás, la idea central que sustenta el Proyecto Mapai. Huáscar no se cansaba de repetirla...

«La civilización es hermosa; la tecnología, útil y fascinante; pero lo único eterno es la naturaleza. Por eso a ella siempre se ha de regresar».

Unos segundos después desaparece el letrero para dar paso a la figura de Huáscar. Está de pie, vestido con el traje típico de la villa, aunque no de uso obligatorio. Hoy, precisamente, todos los habitantes de Mapai lo visten en su honor.

Consiste, tanto para hombres como para mujeres, en un vestido ancho y largo, que llega casi hasta los tobillos, elaborado a base de tejidos de bambú y otros vegetales de la Amazonía. Sus mangas son también muy anchas, más largas o más cortas, según el gusto de cada cual.

Lo completan un brazalete dorado, un cinturón y un par de sandalias. Nada de cuero animal. Las mujeres rematan la parte superior de su cuerpo con coloridos collares de semillas variadas y una diadema, a manera de cinta, muy sencilla, adornada únicamente con algunas piedras brillantes, que se engarza detrás de la cabeza.

Cada cual tiñe su atuendo del color preferido o con el que más convenga a las características de su cuerpo, teniendo en cuenta el color de la piel, los ojos, el pelo y otras particularidades personales.

El vestido de Huáscar es verde, el color que simboliza la naturaleza. El momento se hace solemne. La imagen tridimensional ya se mueve libremente entre ellos, todos disfrutan de su presencia, aunque sea virtual. Por fin comienza a hablar.

—*Queridos hijos, encomiendo a Yandú para que se haga cargo de esta importante tarea. En ella confío, así que estoy seguro de que ahora hablo ante ustedes.* —Huáscar hace una breve pausa. Aunque tiene escrito el documento, no lo lee, lo trata de memorizar—. *Mi intención es darles a conocer mi legado. Este es mi acto de última voluntad, como lo llaman los entendidos. No tengo bienes materiales fuera de Mapai, solo la vieja casa que era de mis padres en Tarapoto. Esa es de todos ustedes.*

»Hoy solo me propongo dejarles aquello que, también con la ayuda de ustedes, he logrado construir aquí, en nuestra querida comunidad y, por supuesto, ofrecerles mis postreros consejos.

»En reiteradas ocasiones les dije que ya, a finales de este siglo, a todos nos queda claro que la subsistencia de la especie humana, en la próxima centuria, no depende de los superhéroes capaces de salvar al mundo con su fuerza y astucia, en ocasiones con exceso de crueldad. Tampoco de los sucesivos adelantos tecnológicos que muchas veces atan a los seres humanos, condicionan sus movimientos y hasta adormecen su inteligencia.

»La subsistencia de la especie humana en el siglo XXII dependerá del amor que todos sientan por la vida, ya no solo en el globo terráqueo, sino en otros sitios distantes, más allá de los límites de la Tierra, donde el hombre, gracias a su capacidad, ha sido capaz de llegar.

»La civilización moderna está necesitada de amor y mucha más comprensión entre los seres humanos. Esa fue siempre la finalidad de todos mis

actos: el amor y la comprensión entre todos. Ahora recurro a ustedes para que, siguiendo mi ejemplo, transiten también por ese camino. Lo primero que les lego es esa responsabilidad: que sean hijos dignos del pensamiento de su padre y de Mapai. Confío en ustedes».

Sin dejar de mover su figura virtual entre sus hijos y Yandú, Huáscar guarda silencio unos segundos. Sin la presión de sus palabras, todos se extasían observándolo. Esa es una de las enormes bondades de la tecnología: compartir, cuando te plazca, con la imagen de un ser amado que ya ha partido. ¡Cuánto ingenio el del ser humano!

—*Les repito que mis bienes materiales son pocos. Nunca me hicieron falta más para ser feliz y para hacerlos felices a ustedes; por lo tanto, lo que tengo que legar es muy poco y lo hago con sentido práctico.*

»Comienzo por Kamon, el mayor. Hijo, conozco tus preocupaciones, sé que valoras la posibilidad de abandonar la villa y nada de malo hay en eso. Cada cual es libre de elegir su propio camino. Has sido muy útil aquí durante todos estos años y, en el lugar a donde decidas ir, también lo seguirás siendo porque tú eres un hombre de bien. Mapai siempre te estará agradecida. A ti te dejo mi barco, el mismo que tú calificaste con el nombrecillo ese de Piraña I, que siempre me gustó, te lo confieso ahora».

A pesar de lo solemne del momento, ninguno puede aguantar una sonrisa.

—*El Piraña I está a tu disposición. Tómalo y navega, si así lo entiendes, por el rumbo de la vida que consideres necesario.*

»A Khalan, quien admira Mapai y, hasta el momento de mi muerte, nunca expresó sus deseos de abandonar la villa, le lego este palacio de bambú con todo lo que contiene en su interior. Así te sentirás más a gusto en nuestra amada comunidad. Cuídalo. Siempre lo consideré, más que mi palacio, mi templo de bambú.

»A Tania, mi pequeña princesa del bambú, al fruto más bello y natural de Mapai, le hago entrega del pequeño cofre que está encima de mi buró. Lleva grabado en la tapa tu nombre, Tania. Además, te lego una sugerencia. No la tomes como un simple acertijo:

»**Antes de tu cumpleaños, intenta descubrir el secreto que para ti guarda el bambú.**

»Mapai es el bambú mismo, tanto en lo material como en lo espiritual. Todos hagan lo que esté a su alcance, para que nunca muera el hermoso ejemplo que una planta como el bambú nos regala a cada uno de nosotros.

»No se detengan por mi partida, ya cada uno de ustedes es dueño de su vida. Sean optimistas y luchen por sus sueños. Yo me marcho en paz, porque siempre intenté cumplir con las exigencias de la vida. Ustedes traten de hacerlo igual. Como nos legara Mahatma Gandhi:

Tomen una sonrisa y regálenla a quien nunca la ha tenido...

Tomen un rayo de sol y háganlo volar allá, en donde reina la noche...

Tomen una lágrima y pónganla en el rostro de quien nunca ha llorado...

Descubran el amor y háganlo conocer el mundo...»[1]

Yandú apaga el video holográfico. El silencio se prolonga por varios minutos. Kamon es quien lo rompe.

—Tania, debes subir a su habitación para ver qué guarda el cofre del que habló papá.

—Vamos todos —dice Yandú.

Se levantan y suben las escaleras directamente hasta la habitación de su padre. Divisan encima del buró el pequeño cofre. Tania, emocionada, lo toma entre sus manos, suelta el pequeño cerrojo dorado, abre la tapa y toma el objeto envuelto en tejido rojo. ¡Vaya sorpresa!

—¡La flautica! —dice con aire de desilusión.

Yandú, Khalan y Kamon se miran entre sí. No pueden disimular su extrañeza. Sienten pena por Tania. ¡Los hermanos varones han sido gratificados con el palacio y el barco, y Tania con la pequeña y vieja flautica! No lo creen.

Yandú, dándose cuenta de lo embarazoso del momento, trata de distender el ambiente.

—Tengan en cuenta lo que significaba esa flauta para su padre, el valor inmaterial que él le otorgaba. La construyó, según me dijo, hace como veinte años. Siempre lo acompañaba.

Todos advierten cómo una lágrima corre por la mejilla de Tania.

—Además, él no tenía nada más que dar —vuelve a la carga Yandú—. A mí no me dejó nada y hace quince años que todos vivimos juntos.

—Hay algo más. Este palacio de bambú es tan tuyo como mío, hermanita —afirma Khalan.

—Igual sucede con El Piraña I —apunta Kamon—. Lo puedes utilizar cuando gustes.

—Y la casa en Tarapoto. Si no quieres mudarte para allá, pues la vendes —añade Khalan.

Ni los hermanos ni Yandú encuentran argumentos lógicos para tratar de componer la frustración que parece embargar a Tania.

—Yo lo sé hermanitos, yo lo sé.

Más confundida que molesta, Tania se lleva el pequeño instrumento a la boca, sopla, pero, para colmo de males, no emite sonido alguno. Solo deja entrever un tosco chiflido a través de cada uno de sus seis agujeros.

—Tampoco suena, parece estar rota —dice compungida, casi llorando.

Sacude la flauta. Siente algo en su interior. Se la acerca a uno de los oídos, y la vuelve a sacudir.

—Tiene algo trabado allá adentro —afirma la adolescente.

El pequeño instrumento pasa de mano en mano. Todos lo revisan. Hasta Yandú trata de tocarla, pero la flauta en realidad parece que olvidó aquellos tiempos hermosos, bajo la sombra del bambú, cuando acompañaba, con nostálgicas melodías andinas, las emotivas leyendas amazónicas narradas por la nana.

—¡Sí, tiene como algo trabado! —agrega Yandú, después de revisar la flauta por su exterior—. No debe ser difícil arreglarla.

—¡Una flauta rota es lo que me lega mi padre! —No lo dice con indignación, pero sí con mucha frustración.

Yandú considera que ha llegado el momento de poner fin a la reunión familiar. Más adelante, decide sin pronunciar palabras, hablará con Tania, tratará de justificar el porqué de ese regalo de su padre. Ni ella misma lo entiende.

—Ya se ha hecho tarde —dice Yandú—. Es hora de comer, les prometo que se van a chupar los dedos con el plato de esta noche.

La nana logra disuadir a los tres hermanos. Cada uno se dirige a su propia habitación y ella va hasta la cocina del palacio de bambú. Por mucho que lo piensa, sigue sin encontrarle explicación al legado que Huáscar deja a su hija menor, la que él siempre consideró «su princesa bambú».

¡*Es extraño, muy extraño!* piensa una y otra vez Yandú, aunque presiente que puede haber «gato encerrado», al recordar las últimas palabras que Huáscar dedicó a Tania: «Además, te lego una sugerencia. No la tomes como un simple acertijo: **«Antes de tu cumpleaños, intenta descubrir el secreto que para ti guarda el bambú»**. *Pensándolo bien, Huáscar no tenía ninguna otra riqueza material, salvo la vieja casa de sus* *padres, allá en Tarapoto, como él mismo dijo. Es posible que haya querido decirme algo antes de morir y no haya tenido tiempo. Sabíamos que estaba mal, pero su muerte nos sorprendió a todos. Estoy segura de que ese regalo a Tania lleva implícito un mensaje. Su significado debe ser mucho mayor que el simple valor material del instrumento.*

Dos secretos

Amanece el 21 de marzo. Tania, la princesa bambú, cumple quince años. Hace apenas unos días que murió su padre, Huáscar, el líder natural de Mapai. Pero todos defienden la idea de que su muerte no es motivo para dejar de festejar el cumpleaños de la única persona nacida en Mapai que no conoce otros mundos.

—¡Mucho significan los quince para una jovencita! —repite Yandú más de una vez a Tania, con el propósito de persuadirla de que asista a los festejos. Está al tanto de lo mal que se siente la joven, primero por la reciente muerte de su padre y, por supuesto, por el regalo. No por una cuestión de celos con sus hermanos o de avaricia. A Tania le duele pensar que la significación de ella, para su padre, no estaba a la altura que siempre imaginó. Se pregunta una y mil veces por qué decía que ella era su princesa bambú.

Desde las primeras horas de la mañana, Tania es homenajeada. Los habitantes de la comunidad le obsequian regalos, sobre todo hermosos productos artesanales, confeccionados por ellos mismos, y platos típicos de la Amazonía, a base de yerbas, raíces, arbustos, invertebrados y hasta lianas comestibles.

En otro momento, los regalos que más habrían llamado su atención son los finos y coloridos vestidos, elaborados con fibras vegetales, entre las que se encuentran, por supuesto, las del bambú. Pero hoy, aunque las agradece, la admiración que siente por estas bellas y originales prendas no es tanta, por no decir ninguna. Recuerda que la noche anterior, navegando por las redes sociales a través de su moderno nano computador, tuvo la oportunidad de presenciar el espectacular desfile de modas de un famoso diseñador peruano. Quedó encantada con los vestidos. Entonces, por primera vez se pregunta: *¿Por qué no hago como Kamon y me mudo a una ciudad? Yo también tengo que enamorarme de alguien; además, me gustaría comparar la diferencia entre Mapai y una de esas grandes urbes, conocer ambas experiencias de vida.* Tania no para de elucubrar. *Desde que nací, estoy aquí. Papá nunca me dio otra oportunidad. Para él, esto es el paraíso. Puedo marcharme e ir a vivir a la vieja casa, allá en Tarapoto. Dicen que es una ciudad muy bonita; además, también forma parte de la Amazonía peruana.*

Una fuerte desilusión en los años de adolescencia puede ser la causa de problemas agudos de personalidad en el futuro. Por eso, Yandú, Kamon y Khalan imprimen todo su entusiasmo a la fiesta de quince años de Tania.

Ellos le regalan un gigante arapaima asado, considerado el pez de agua dulce más grande del mundo. La carne del arapaima es muy codiciada por los seres humanos. Un ejemplar puede alcanzar más de dos metros de largo y un peso que rebasa los 100 kilos. Lo crían en sus propios estanques, junto a otras especies amazónicas. Lo transportan a la explanada central en una inmensa parihuela de bambú. El peso del ejemplar asado requiere de la fuerza de ambos hermanos.

—¡Pero esto es muy grande para mí sola! —exclama Tania asombrada, y hasta algo risueña.

—No te preocupes, hermanita. De ahí comeremos muchos —le dice en tono jovial el menor de sus hermanos varones.

—¡Cuántos platos permite llenar este noble arapaima! —Tania mantiene su asombro.

—Gracias a su tamaño, tiene suficiente masa para alimentar a casi todos los miembros de la villa. Además, es un bocado exquisito.

Yandú también se esmera y cocina un plato muy apreciado por los habitantes de la Amazonía. Lo llaman mojojoy y se elabora a base de una larva con suficientes propiedades nutritivas. Sigue, según dice, la línea de muchos restaurantes de comidas típicas de la región amazónica.

La nana lo sirve asado, pero no lo rellena con carne de pollo, como indican las recetas tradicionales. Siguiendo las costumbres de Mapai, tiene la iniciativa de rellenarlo con hierbas, vegetales y sazonadores de la selva.

No falta en la comida, por supuesto, el casabe o pan indígena, fabricado de yuca; ni una enorme variedad de frutas silvestres, como el copoazú, cuya pulpa de color blanco contiene altos niveles de fósforo, pectina, calcio y vitamina C. Yandú lo elabora a manera de mermelada y jugo, un postre estupendo que hace las delicias de Tania.

Los mayores festejan el cumpleaños brindando con bebidas fermentadas de raíces y frutas amazónicas. No se baila ni se escucha, por el sistema de sonido de la villa, la música del momento, pero todos tienen la satisfacción de homenajear a Tania en sus quince años. Viven convencidos de que así lo desea Huáscar.

El festejo transcurre durante varias horas en el ambiente cordial y divertido que distingue a los residentes de Mapai. Tania olvida por un buen rato el estado de frustración que experimenta; sin embargo, extraña a su padre, nunca pensó cumplir los quince años sin tenerlo a su lado.

Ya forma parte del ambiente de Mapai un comentario que marcha de boca en boca: las intenciones de muchos habitantes de abandonar la comunidad. Con la muerte de Huáscar, el viejo líder, quien los impulsara a hacer realidad tan bello sueño, consideran que ha llegado el momento de partir, de regresar a la civilización. No le encuentran sentido a permanecer allí, sin una persona que guíe sus pasos. Sustentan que, otra vez en la civilización, pueden transmitir las hermosas, nobles y útiles experiencias adquiridas durante la estancia en la Amazonía.

Los que abrazan los deseos de marchar, prometen, entre otras acciones, la creación de una campaña motivadora internacional. Quieren sensibilizar al mundo de la necesidad imperiosa de respetar, amar y resguardar a la naturaleza, y de no dejarse arrastrar por los adelantos tecnológicos que, muchas veces, en vez de beneficiar, provocan el embrutecimiento de los seres humanos.

No se trata de armar una cruzada contra la tecnología, eso es imposible y nada beneficioso. Todo lo contrario, se trata de intentar crear conciencia de que la tecnología, por muy útil que pueda resultar, nunca debe distanciar a un hombre de los demás. Ni mucho menos enajenarlo y separarlo de su propio yo, de su espíritu.

Ellos, los que escogen marcharse, también sostienen que han experimentado por más de quince años ese hermoso estilo de vida. Suficiente tiempo, afirman. Ahora, a falta de un líder que los aglutine con sus ideales, lo más correcto, dicen, es salir y expandir esos ideales por el mundo.

Allí, encerrados en medio de la selva de la Amazonía, experimentan la grandeza de las ideas de Huáscar y su filosofía del bambú, pero, a pesar de los enormes adelantos de las comunicaciones y las redes sociales, sus maravillosas experiencias no trascienden más allá de las fronteras del bambú y de Mapai.

Sin embargo, otro grupo, no pequeño, defiende la necesidad de permanecer en la selva. Viven convencidos de que es mucho más beneficioso para todos mantener el intercambio directo con la naturaleza que alcanzan en la villa. Durante todo ese tiempo, han logrado eliminar el estrés entre sus habitantes, los ejercicios de meditación se han convertido en una costumbre cotidiana, las enfermedades infeccioso-respiratorias forman parte del pasado de sus vidas, el sobrepeso, la hipertensión y otras patologías provocadas por la vida trepidante, sedentaria y contaminada de los grandes centros urbanos han desaparecido en apenas algo más de quince años.

Aquellos que apoyan el punto de vista de permanecer en Mapai argumentan que el trabajo de educación ambiental y de amor a la naturaleza, nada fácil, pero sí muy necesario en esos tiempos, puede realizarse desde la misma villa. Desde allí, dicen, emana un ejemplo que recorre el mundo, brota un mensaje capaz de ayudar a sensibilizar a la humanidad de lo impostergable que es extirpar de la faz de la tierra el flagelo de la contaminación, que conspira contra el sano desarrollo de la salud física y mental de los seres humanos.

Mapai se debate entre su existencia y su desaparición. Ese es el dilema que enfrentan sus habitantes hoy, 21 de marzo de 2085, cuando Tania cumple sus quince años.

«¡Vaya regalo de quince!», habría comentado el viejo Huáscar.

Lo positivo de todo es que la visión de Huáscar ha dado sus frutos. Tanto los que deciden marcharse, como los que se disponen a permanecer en Mapai, viven imbuidos de la necesidad de echar a volar a los cuatro vientos las maravillosas experiencias cultivadas allí. O lo que es lo mismo, mostrar al mundo las ideas de Huáscar. Sus sueños convertidos en realidad.

A Tania ese dilema la afecta por partida doble, tanto a nivel de la comunidad como familiar. Ahora más que nunca, Kamon se aferra a la idea de vivir en Iquitos, la pintoresca ciudad donde está enamorado. Allí, afirma, tiene la selva bien cerca.

Kamon ama a Mapai, lleva la villa en su corazón, por lo que significa, gracias al trabajo de su padre. Vive orgulloso de la comunidad. La considera un hermoso resultado surgido de una idea noble y humana. Un resultado genuino de la inteligencia y la pasión de un hombre perseverante, paciente e incansable, como el viejo Huáscar, por todos valorado como una persona de inmensa capacidad para aglutinar a otros seres humanos.

Kamon no considera que su forma de pensar sea una traición a la memoria del padre, como pretenden hacerle creer algunos. Piensa que ahora lo correcto, como ha sido siempre, es respetar los puntos de vista de todos. Tanto los que como él esgrimen inquietudes personales, como los que se quieren marchar a la civilización para ser portadores del hermoso mensaje. La villa de bambú nunca desaparecerá, su mensaje se mantendría como un eterno símbolo de amor a la naturaleza y a los más nobles sueños del ser humano.

Sin embargo, lo más bello de todo, a pesar de las contradicciones, es que las ideas de Huáscar, las que dieron lugar a la fundación de la villa, en medio de esos intrincados parajes de la Amazonía peruana, permanecen intactas, conservan su valor. Demuestran una vez más la fuerza imperecedera de las ideas cuando un líder es capaz de transmitirlas y calar en el espíritu de los demás.

Lo grande y hermoso de una idea radica en que, a pesar de la ausencia de su creador, el resto la defiende y lucha por ella. Nunca pierde sentido.

Nadie duda de la significación de Mapai, del sublime mensaje que transmite al mundo, pero el ser humano es así, disímil en su manera de pensar y actuar, aunque el destino, el punto al que se pretenda llegar, sea el mismo.

En Mapai, retomando las palabras de su fundador, todos son libres, gozan de la misma libertad de que disfruta un jaguar en la selva. Cada cual es dueño de tomar en la vida el rumbo que estime más conveniente, aunque ninguno de sus habitantes podrá desprenderse jamás de la hermosa lección con que ha sido agraciado.

Tania comprende que Kamon tiene sus razones y que Khalan, firme sostenedor del mantenimiento de la villa, también.

Después del agasajo por su cumpleaños, a solo unos días de la muerte de su padre, Tania, con todo este embrollo en la cabeza, sube a su habitación a punto del mediodía. La acompaña Yandú. La quinceañera recuerda y necesita a su padre hoy más que nunca. Yandú la comprende y considera que no debe dejarla sola en un momento tan difícil.

Ambas entran a la habitación y la nana toma asiento. Tania dirige sus pasos hacia la mesa de noche, toma en sus manos el diminuto cofre que Huáscar le legara al morir, regresa y se sienta al lado de su nana. Abre la tapa y extrae nuevamente la diminuta flauta. Cuando lo hace, no puede evitar que sus ojos se humedezcan.

—¡Cuántas veces la tocó para mí! —dice con nostalgia a su nana y amiga.

—Yo también lo extraño mucho, Tania.

—Lo sé, Yandú, lo sé.

Tania se levanta y, como es costumbre en ella, se acuesta sobre el piso de fibra vegetal, respira profundo y mira al techo. Disfruta del aire de la Amazonía, de su eterno olor a tierra lloviznada. Yandú permanece sentada en una de las sillas, muy cerca de la cama de Tania. Observa a la joven que, con confianza absoluta a pesar de la presencia de Yandú, intenta relajarse, se concentra en su respiración, parece que llega a escucharla. Tania está acostumbrada a hacer ese tipo de ejercicio cotidianamente. Tal parece que saborea el aire cargado de humedad cuando recorre su interior.

No le teme a este aire «lloviznado», como ella misma dice. Por eso lo inhala con seguridad. Nada tiene que ver con el que se absorbe en las grandes ciudades, reciclado y contaminado, según le contaba su padre, y ahora Yandú. El mismo que, lleno a veces de virus mutantes y asesinos, provocan la muerte, como sucedió a la madre de Khalan y Kamon.

Acostada sobre el piso de su habitación, dejada llevar por sus pensamientos, la adolescente dice a Yandú:

—Todo el aire viene del mismo lugar, pero una gran parte se maltrata más que la otra.

—La civilización, cuando se deshumaniza, lastima hasta el aire —le responde su nana—, lo transforma en una creación malévola. Pero en algunos lugares, como en esta selva salvaje, aún se le acaricia, se le malcría y hasta se le adorna con sonidos únicos, como cuando sisea al traspasar los bosques de bambú. O cuando llega envuelto por el gorjeo de las aves que la habitan, muchas de las cuales hacen de las suyas aquí en el balcón y hasta dentro de la habitación. ¡Hasta sobre las sillas y la mesita de escribir!

—Me alegra que sea así, Yandú. ¡Me alegra mucho!

Son cotidianas las visitas a la habitación de Tania del cuco Pavonino, un hermoso pajarillo de color café, pecho estriado y cola larga y densa, que mide hasta treinta centímetros. Tania lo disfruta cuando revolotea en medio de su habitación.

Aparecen también, muy a menudo, el llamado carpinterito ocelado, picador persistente, de color pardo y pico puntiagudo, y el pequeño tororoí, conocido además como chululú amazónico, un ave de patas largas y agraciado plumaje lleno de colores.

Sin embargo, el que más disfruta y el que, a la vez, más le preocupa a Tania es el *Gecinulus viridis*, más conocido como pico de bambú sureño. Se le llama así porque, según Huáscar dijo a Tania, esa es la traducción directa de su nombre asiático.

Es un pajarillo de no más de quince o dieciséis centímetros de largo. Acostumbrado toda su vida a agujerear el bambú, confunde las paredes del palacio construido por Huáscar con uno de los tantos bambusales que rodean Mapai, y les cae a picotazos.

La atracción que Tania siente por esta avecilla se debe sobre todo a que no es oriunda de la Amazonía, sino de países como Laos, Tailandia o Malasia. En una ocasión, a su padre se le ocurrió transportar algunos pichones a América y la especie se adaptó perfectamente. Por supuesto, ese experimento llega a su máximo desarrollo en Mapai, porque, como su nombre lo indica, es una especie típica de los bosques de bambú.

Tania, con quince años ya, más que sentirse parte de ese mundo sano y maravilloso al que comprende y ama, tiene la convicción de que ella misma es ese mundo de olor a tierra húmeda, de viento que sisea, de rugido de jaguar, de trinos de aves y picotazos de carpinteros.

Se mantiene tumbada sobre el piso de su cuarto en el palacio de bambú. Aprieta suavemente la flautita entre sus dedos, retoma unas palabras que Yandú le ha repetido varias veces desde que murió su padre, desde aquella tarde en que él leyó su legado.

—El bambú guarda un gran secreto dentro de sí, en ese aparente vacío interior —dice Tania en voz alta.

—Así es —reafirma Yandú, ya un poco aburrida y medio dormida.

—¡Entonces es verdad que las cañas de bambú guardan en su interior un indescifrable misterio, de la misma manera que la selva guarda los suyos!

—¡Sí que lo guardan!

—Igual que tú también sabes guardar los tuyos.

—Ya te los conté.

—Solo a medias —responde Tania y se queda pensativa—. Luego de todo lo que me contaste te confieso que ahora me gustaría conocer qué es el Yacuruna.

—¡El Yacuruna! —Yandú exclama y se reincorpora.

—¡Sí, eso mismo, el Yacuruna!

—Es el protagonista de una leyenda muy arraigada entre los habitantes de la Amazonía.

—¿Y qué tiene que ver contigo?

—Tiene mucho que ver. Algunos la toman como lo que verdaderamente es, una antigua leyenda, pero otros no. En el caso de mi tribu, no eran pocos los que daban por cierta la existencia del Yacuruna.

—¿Tu padre era uno de ellos?

—No, mi padre no era uno de ellos. Conversé con él muchas veces y no creía en el Yacuruna ni en ningún otro animal mitológico amazónico, pero muchos otros sí.

—Y si no creía... ¿por qué te dijo lo que te dijo?

—Mi padre, sencillamente, después de leer la carta donde le expliqué que me marchaba con Dainan, decidió utilizar la leyenda por el bien de la familia y, sobre todo, para que mi hermano y su hijo no se sintieran ofendidos. ¡No me imagino cuántas veces el chamán de la tribu habrá invocado mi espíritu, para tratar de descubrir a dónde me llevó el Yacuruna!

Las últimas palabras se escuchan entrecortadas, Yandú casi solloza. Tania se percata. Con agilidad absoluta se levanta, va hasta su nana y la abraza. Aunque no conoce la leyenda, comprende cuánto significa para Yandú.

—Siéntate. Escucha la historia —dice la nana.

Tania la obedece. Se dispone a escuchar, con la gratitud de siempre, las palabras de su nana y amiga. Pero hoy el histrionismo de Yandú no es lo que más hace resaltar la historia, es su significado, profundo y fuerte.

—Cuentan que el Yacuruna es un espíritu mágico de la selva —narra Yandú—. Quienes creen en él aseguran que tiene poder sobre todos los animales que viven en el agua. Los chamanes lo invocan cada vez que lo consideran necesario. Según la leyenda, viaja sobre un cocodrilo gigante y su poder es tal, que logra transformarse en un ser humano.

—¿En un ser humano? —interrumpe Tania, interesada en la leyenda que, espera, despejará el secreto de Yandú.

—Sí, en un ser humano, pero no en uno cualquiera, se transforma en un hombre muy guapo, en un forastero atractivo capaz

de seducir y hasta de hipnotizar a muchachas jóvenes e inocentes
—Yandú hace una pausa, y luego dice—: Yo era joven e inocente.

—Entonces, según tu padre... ¿Dainan era el Yacuruna transformado en hombre?

—Así es. Y, aunque no creía en él, logró convencer a la tribu de que yo era una víctima de su maldad.

—¿Y a dónde se supone que el Yacuruna lleva sus víctimas?

—Hasta las profundidades del río o de alguna laguna. Después, jamás vuelven a aparecer. Por eso, su respuesta de «no vuelvas jamás».

Yandú termina de contar la leyenda y ambas guardan silencio. Solo es perceptible el eterno susurro de la selva.

—Tu padre tomó la leyenda como excusa para que nadie se enterara de la realidad.

—No lo culpo, comprendo que mi error fue grave y que comprometí el honor de la familia.

—¿Dainan estaba al tanto de todo?

—Por supuesto que sí.

—¿Cómo fue tu encuentro con la tribu después que regresaste?

—Nunca ha existido tal encuentro.

—¡¿Nunca?!

—Como lo oyes, nunca.

—No lo entiendo. ¿Cómo es posible que en quince años, todo el tiempo que llevas aquí, no te hayas encontrado con tu tribu? ¿Te arrepentiste después de haber venido desde Australia?

—No, nunca me he arrepentido. Lo primero que hice cuando llegué fue averiguar por la tribu. Indagué si se mantenía viviendo en el mismo lugar. Regresé con la disposición de ir hasta allá y decirles a todos la verdad. Los tiempos han cambiado mucho, tenía la esperanza de encontrar personas que me comprendieran, pero no ha podido ser.

—¿Por qué?

—Después de la respuesta de mi padre, logré comunicarme con él solo dos veces. Me dijo que nadie podía sospechar que estaba viva. Solo él y mi madre lo sabían, ni siquiera mi hermano. Estaba en juego el honor de la familia, me lo recalcó una y otra vez. Ya te dije que un error como el que yo cometí no se perdona; sin embargo, regresé con la intención de hacerle frente a todo y reincorporarme a mi comunidad.

—Y no lo has hecho —comenta Tania entristecida.

—No lo he logrado, no. A estas alturas, no he podido dar con el paradero de la tribu. Por eso voy a Iquitos dos o tres veces al mes, para hablar con algunos miembros de sociedades aborígenes y buscar información sobre la tribu, pero hasta ahora no he sabido nada de mi familia. Todo parece indicar que mis padres murieron. La verdad es que muchas tribus aborígenes, después de mezclarse con la civilización, se desintegran. Sus habitantes huyen de la pobreza, en busca de una vida mejor, sobre todo para sus hijos. Se marchan a las grandes ciudades, habitan los suburbios, trabajan incesantemente por abrirse camino en un mundo que muchas veces les es hostil —continúa diciendo Yandú—. Es muy probable que mi hermano haya corrido esa suerte, que se encuentre viviendo ahora mismo en alguna gran ciudad amazónica. No descarto que sea en Iquitos. He recorrido infinidades de veces el barrio de Belén, pero ha crecido mucho en extensión, al igual que la ciudad. Encontrar un miembro de mi tribu allí se ha convertido en algo más difícil que hallar una moneda en medio de la selva.

—¿Y el lugar donde se ubicaba la tribu cerca del Napo? Por ahí alguien debe saber algo.

—Ya lo intenté. Pero ahora todas esas tierras pertenecen a una gran compañía ganadera internacional. Al parecer, la empresa llegó a un acuerdo con los miembros de la tribu, compró sus territorios y se dedican ahora muy tranquilamente a la cría de animales. No dudo de que también esté relacionada con la industria clandestina de madera, la caza furtiva de animales y cosas así. Es una zona muy rica.

—¡Cuánta tristeza!

—Ese es un mal que viene padeciendo la Amazonía desde hace ya más de doscientos años. Por esa razón admiro y acojo las ideas de tu padre.

—¿Cómo conociste de la existencia de Mapai?

—Cuando llegué de Australia, ya en Iquitos, quizás por nostalgia, me hospedé en el mismo hotel donde pasé mi primera noche con Dainan. Estaba muy cambiado, pero aún mantenía la misma atmósfera de aquellos años. Ahí escuché hablar de la villa. No tenía dinero para permanecer en el hotel mucho tiempo. Y al ver que mi tribu ya no estaba en su lugar, me vi sola y decidí venir a hablar con Huáscar.

—¡Vaya historia!

—Triste, ¿verdad?

—En parte es triste, pero también es muy bella, digna de ti.

—Gracias, Tania.

—Algún día yo tendré una historia de amor que contar. —Al decir esto, a Tania le brillan los ojos.

—Seguro que sí, pero, como el bambú, para ese entonces debes tener los pies bien puestos en la tierra, para que no te pase lo que me pasó a mí.

Ambas vuelven al silencio, hasta que Tania decide hacer otra pregunta a Yandú.

—Quizás no sea el momento más adecuado. Sé que toda esta historia te afecta, pero hablando ya en este plano, en lo amoroso, necesito que me respondas otra pregunta. Esta sí es de mi interés personal, y estoy por hacértela desde hace mucho tiempo.

Yandú no puede aguantar la expresión de extrañeza que se dibuja en su rostro.

—A ver, dime cuál es esa pregunta de tanto interés personal. Ya me extrañaba que no hubieras tratado de explorar los caminos del amor.

—En realidad, es personal porque se trata de mi hermano, de Kamon.

—¿De Kamon?

—Sí. ¿Por qué te acompaña la mayoría de las veces que vas a Iquitos?

La mujer no responde de inmediato. No dilucida bien si la pregunta de Tania la ha sorprendido o se le hace graciosa. Su respuesta es directa, pero envuelta en la dulzura que siempre ha caracterizado a la india Yandú.

—No te enfades conmigo, pero ese secreto es responsabilidad de Kamon.

Después de esa última pregunta, Yandú se levanta lentamente, da un abrazo a Tania y marcha. La joven, ya a solas, reflexiona unos minutos. Se regocija por tener el privilegio de conocer al detalle todos los secretos de su nana, pero le sigue preocupando aquello que esconden ella y Kamon.

¿Por qué me dijo que el secreto es responsabilidad de Kamon? ¿Qué secreto guarda Kamon? se pregunta Tania. *¡Me van a volver loca! Pero ahora no*

puedo seguir tratando de descubrir secretos de otras personas, ni siquiera los de mi hermano.

Presta atención a la pequeña flauta que ha permanecido en sus manos durante toda la conversación. Se la lleva a los labios y trata nuevamente de hacerla sonar. Sopla una y otra vez, de la misma manera en que su padre la enseñó, pero el instrumento solo le devuelve el sonido típico de un soplido de aire.

«Sí, no me queda duda. Tiene algún problema».

Sacude suavemente la flauta y vuelve a sentir que algo se mueve en su interior.

«Hay algo ahí adentro que está suelto. ¿Qué será?».

Trata de mirar en su interior. Acerca un orifico del instrumento a uno de sus ojos. Así lo hace con cada una de las seis pequeñas perforaciones que tiene la flautica construida por las manos de su padre. Pero nada descubre, salvo una impenetrable oscuridad. Vuelve a soplar, sin el atisbo de una nota musical.

«Lo que me extraña es que antes no solo sonaba con mi padre, sino también conmigo. ¿Qué le pasa ahora?».

Se sienta otra vez sobre el piso de fibra vegetal y entrecruza las piernas con una facilidad increíble. Recuerda a su padre cuando le decía que su flexibilidad compite con la del bambú. Acabada de sentar, escucha el martilleo del pico de bambú, el pequeño carpintero tailandés. Entonces se levanta como un bólido y sale al balcón con la intención de persuadir al ave de que el «palacio» donde ella vive, junto a sus hermanos y a Yandú, nada tiene que ver con el bosque de bambú que lo rodea.

Sin embargo, aunque lo descubre a solo unos metros, ahora el bello y persistente animalito no lanza su pico contra las cañas de bambú que forman las paredes, sino contra uno de los tallos de la gramínea que se balancea al ritmo del viento, muy cerca de su balcón. Le da la impresión de que el ave ya ha trabajado allí en otras ocasiones porque, en apenas minutos, su fuerte y puntiagudo pico atraviesa la estructura vegetal.

Se dedica después a amplificar el orificio, lo hace con precisión y rapidez. Llegado el momento, como para convencerse de que el agujero ya alcanza el tamaño necesario, echa la cabeza hacia atrás y lo observa intranquilo. Al parecer aprueba el resultado de su esfuerzo y, en un abrir y cerrar de ojos, entra a través del hueco hasta el interior del tallo, hacia la zona misteriosa del bambú, esa que convierte energías negativas en positivas. Hay un tipo de serpiente, que cuando es encerrada allí, emite un silbido suave, arrullador, perfecto para conciliar el sueño. Eso también se lo dijo su padre, pero ella no puede asegurarlo, porque, según le dijo, esa experiencia solo la viven los habitantes de una isla del Pacífico llamada Samoa.

«¡Cuántas cosas en su interior guarda el bambú! —repite para sí Tania, y se le ocurre pensar en ese mismo instante—: *¿Guardará algo en su interior la flauta de mi padre y por eso no suena? ¡No había pensado en eso!*

Entra a la habitación y se sienta en una de las sillas. Con calma, observa el pequeño instrumento musical. La curiosidad se apodera de ella más que nunca. Trata de introducir el más fino de sus dedos por uno de los huequitos. Lo ha intentado, cree, más de mil quinientas veces, pero igual que ahora, nunca pudo. Fija la vista en los extremos del pequeño instrumento, descubre una ranura imperceptible, casi invisible, entre los nudillos del bambú. Con cuidado, ejerce presión. Al principio no pasa nada, pero, al poco rato, tiene la sensación de que algo cede, escucha un leve crujido.

Afloja la presión de sus manos. Teme romper el regalo de su padre. No se lo perdonaría jamás. De nuevo escucha al pico de bambú martillar sobre la corteza del tronco de la planta. Al parecer perfecciona su obra. ¡Cuánta sana envidia siente ahora Tania!

—Quisiera ser un pajarillo como ese, o como el carpintero ocelado, para tener la capacidad de penetrar en el misterioso corazón del bambú.

Se decide a explorar el interior de su flauta, convencida de que su padre nunca le perdonaría alimentar una duda.

«Tienes que despejarla —le repetía una y otra vez—. Cuando eliminas una duda, siempre aprendes algo nuevo».

Tania vuelve a ejercer presión sobre los nudillos de la flauta, precisamente en el área donde aparenta tener una ranura. Para su satisfacción, la simulada juntura cede, ahora sin emitir crujido. No como una rosca, sino como un tapón incrustado, con precisión milimétrica, esa que solo poseen los experimentados maestros ebanistas como su padre. Saca completamente el tapón, mira dentro y descubre un pergamino envuelto y perfectamente ajustado al grosor de la tierna y estrecha caña de bambú, transformada en instrumento musical.

Lo extrae, se da cuenta de que está confeccionado también con fibras de bambú. En la escuela de Mapai no utilizan papel de ese tipo, pues su elaboración requiere mucho esfuerzo. Los alumnos allí usan hojas de papel fabricadas con fibras y resinas vegetales, provenientes de otras plantas amazónicas también muy útiles a los seres humanos.

Tania no puede evitar un ligero temblor en sus manos mientras desenrolla el documento. Tiene casi un metro de largo. Su ancho, por supuesto, es algo menor que el largo de la flauta. Está escrito a mano, con una letra muy pareja, tan clara y legible como las que son capaces de lograr los modernos equipos impresores. Identifica el trazo de los caracteres. Sin duda son los de su padre. Vuelve a enrollar el pergamino, se levanta de la silla, se descalza, siente la dulce sensación de la fibra vegetal bajo sus pies, camina unos pasos y se acuesta bocarriba en su cómodo camastro. Descansa la cabeza sobre la almohada, trata de acondicionarse una y otra vez hasta que lo logra y vuelve a desenrollar el pergamino; pero ahora lo hace despacio. Palabra por palabra, renglón por renglón, Tania lee en voz baja.

Para Tania. Ser como el bambú.

Querida Tania, muero convencido de lo mucho que me extrañarás. Eso me entristece, pero, a la vez, me llena de satisfacción y orgullo. El sentimiento de extrañeza que ahora sientes es una prueba de cuánto mi existencia fue capaz de complementar la tuya, a pesar del poco tiempo tuvimos juntos en la tierra.

Es una sensación de vacío interior la que ahora padeces. La conozco, todos la sufrimos después de la partida definitiva de algún ser querido. Nunca se termina porque jamás se vuelve a llenar ese vacío; pero no te preocupes, se sosiega con el paso del tiempo, el ir y venir de la vida, el amor y la lucha diaria por hacer realidad los sueños.

Comparada con el tiempo y el universo, la vida es un fugaz instante, pero, eso es muy bueno, ¿por qué? Porque gracias a la brevedad de la vida, el hombre agradecido siente la necesidad de aprovechar su existencia. Yo sentí esa necesidad. Mi gran anhelo siempre fue aprovechar la vida, temía perder el tiempo y que se me escapara como el agua entre los dedos, en un abrir y cerrar de ojos.

Nunca realicé nada fuera de lo común, solo luché por mis sueños y, en todo momento, ofrecí a ti y a tus hermanos el máximo de cariño.

Traté de ser un buen padre, a pesar de las circunstancias, muchas veces adversas. Hice lo posible por prepararlos, mostrarles el camino de la virtud y, lo más trascendente, entrenarlos para que peregrinen con atino, amor y optimismo.

Por lo general, la senda de la virtud es estrecha. No todos los caminos anchos conducen, necesariamente, a términos virtuosos.

¡No te confundas, Tania, nunca lo olvides! Eres muy joven, es posible que todavía no entiendas muchos de mis actos, pero con el desarrollo natural de la vida y el devenir de nuevos acontecimientos, los llegarás a comprender. Te darás cuenta de que cada uno de ellos fue impelido por la fuerza del amor, la razón y la pasión.

Después de recorrer el mundo y conocer los cinco continentes, volví junto a tu madre, tus hermanos y un pequeño grupo de seguidores, a lo más simple, a lo más elemental, a esta selva, enarbolando el bambú no solo como sustento material, sino también como soporte de una filosofía de vida.

¡El bambú guarda, humilde y callado, una hermosa filosofía! Gracias a ella, enfrenta la vida de una manera digna de encomios. Desde hace muchos años esa filosofía se convirtió en mi patrón de vida. Tú lo sabes mejor que nadie. Considero al bambú una planta noble, útil y sabia, **un regalo divino.**

¡La sabiduría no requiere siempre de palabras para mostrar su grandeza!

Muero seguro de que la más recta de mis acciones, y la que adquirió mayor altura, fue la creación de Mapai, sustentada, precisamente, en la ética del bambú, de la cual tú eres la hija más pura. Gracias a Mapai hemos logrado convivir en armonía, como una familia, durante años. La voluntad y el amor dan valor a las pequeñas cosas. ¡Nuestra hermosa comunidad es eso: voluntad y amor!

Mi legado debió sorprenderte, no lo dudo. Solo Dios sabe cuántas veces habrás exclamado en silencio: «¡El palacio de bambú para Khalan, el barco *para Kamon y para mí la flautica vieja y usada! ¿Por qué? ¡Cómo mi padre me hace esto!».*

Quizás hasta te haya rondado el duende del desencanto en algún momento. No se requieren más de un par de segundos para descubrir la inmensa superioridad, al valor tangible y al confort me refiero, de lo que dejo a tus hermanos, comparado con una humilde y vieja flautita, si solo comparamos forma, tamaño y utilidad material.

Kamon ya tiene El Piraña I a su disposición. Podrá marcharse si lo considera oportuno, cuando lo desee.

Los seres humanos no pueden ser forzados jamás. Deben hacer lo que les pida su corazón y apruebe su cerebro. ¡Respeta siempre el sentir ajeno, aunque sea el de tu hermano, que muy poco tiene de ajeno!

Khalan, por su parte, tiene el «palacio de bambú». Él, como Kamon, tiene un corazón generoso y nunca impedirá que este «palacio» también sea tuyo. De eso muero convencido. Khalan, como tú, se siente un genuino hijo de la comunidad. Khalan tiene una ventaja sobre Kamon: vino más joven, y una desventaja comparado contigo: no nació aquí.

La imagen física, la estética, le confieren muchas veces un valor irreal a las cosas. No es desdeñable aquello que agrada a la vista, pero, en ocasiones, el valor real escapa de ella.

¡Tania, te confieso que te he sometido a una prueba! Si encontraste el manuscrito y ahora lo lees, saliste airosa y todos ganamos, porque viste algo más allá que un humilde regalo, más allá que una pequeña y vieja flautita de bambú.

Tomaste muy en serio mis palabras cuando te sugerí: **«antes de tu cumpleaños, trata de descubrir siempre el secreto del bambú».**

Eso quiere decir que, aunque al principio solo la observaste con los ojos, después lo hiciste con el corazón, descubriste su secreto, revelaste lo esencial.

¡Cuánto orgullo siento ahora!

No te detuviste hasta conocer el misterio que encerraba la flauta-bambú en su interior.

En este caso, no es el misterio que convierte las energías negativas en positivas. Es el que contiene, sin pecar de presumido, mi legado más valioso, el manual del cual dispuse, el que guio todas mis acciones en la vida, después de que viajé por primera vez a ese hermoso país, Tailandia.

El día de la muerte, todo lo material que posees puede ir a dar a manos de cualquier persona, ya no lo controlas. Pero, lo que tú eres, lo que ha guiado tu comportamiento en la vida, se va contigo para siempre si no lo sabes transmitir a los demás. ¡Cuánto egoísmo no hacerlo, por las razones que sean!

No pocas personas en este mundo ya han comenzado a interesarse por todo lo que está «más allá» de lo material. Comienzan a ver con el corazón, cada día es mayor el número de seres humanos convencidos de que, aunque nuestras posesiones tangibles jueguen un importante papel en la vida, no son la única fórmula plausible para la felicidad.

No te dejo como legado ni un barco ni una casa, ningún importante bien de uso. Solo una sencilla flauta construida por mí hace años, que en su alma lleva encerrado mi secreto: la filosofía que me ha guiado en la vida, esa que te propongo que lleves a la práctica cuando dejes de ser la princesa y te conviertas en la reina bambú.

Esta es la parte de mí que se iría conmigo si no la comparto con alguien. Y ese alguien —la escogida— eres tú... porque Mapai necesita una «reina», una guía. Tú tienes las virtudes necesarias para serlo. Eres, no por hija mía, un símbolo, el más puro de nuestros resultados. Si luchas, puedes coronarte.

Toma mi legado como el resumen de mi forma de actuar en la vida, de mi experiencia de ochenta y cuatro años, acéptalo como una muestra de confianza y amor. Pongo en tus manos el arma capaz de mantener viva a Mapai, a pesar de las divisiones que estoy seguro brotarán después de mi muerte.

¿Por qué a ti?

Porque eres la más genuina hija de Mapai, naciste aquí. Estás desconta-minada, eres un diamante en bruto. En la medida que pulas tu alma, con la ayuda de todos los que te rodean y aman, tendrás la capacidad de afilar aún más la obra que emprendimos aquí, en la Amazonía, hace más de quince años.

Quienes concebimos Mapai, decidimos reconocer al bambú no solo sus bondades materiales, sino, ante todo, su significado, su elevado valor intangi-ble. Ese es su secreto, el que no se graba en etiquetas ni se mide en pulgadas o centímetros, ni se pesa en modernas y exactas balanzas.

Te he hablado en ocasiones anteriores de esas cualidades del bambú. Han sido un ejemplo a seguir para mi vida y, por supuesto, para los habitantes de Mapai. Aquí en la villa todos hemos actuado siguiendo sus huellas, pero, aho-ra, por primera vez, las escribo para que las tengas siempre presentes, las hagas tuyas, te guíen en tu andar por el mundo y las pongas en práctica por el bien de esta comunidad y de sus objetivos. Además, has de compartirlas con todos sus habitantes. Si lo haces así, ganarás el linaje que requiere un verdadero líder.

Recuerda que, quien lidera, no necesariamente tiene que mandar. Más bien influye... ¡Influye como el bambú nos ha influenciado a todos! Lee con mucha atención.

Crece internamente.

Cuenta una leyenda japonesa que un sabio maestro lleva, en una ocasión, a sus discípulos más jóvenes a sembrar semillas de bambú. Entusiasmados, los muchachos se dan a la tarea de plantarlas y regarlas diariamente.

Al cabo de cuatro o cinco meses, se aburren y dejan de hacerlo.

—Nada florece —comentan los discípulos entre ellos.

Siete años después, cuando ninguno se acuerda de las semillas de bambú, ya a punto de terminar el colegio, las plantas comienzan a florecer. En seis semanas, las cañas de bambú crecen veinte metros. Los mismos alumnos, ya mayorcitos, expresan su admiración al maestro.

—¡En solo seis semanas crecieron veinte metros!

—¡Seis semanas no! —rectifica el maestro—. ¡Tardaron siete años!

¡Bella moraleja! Como el bambú, deberás echar raíces sólidas y profundas que permitan sostener cada una de tus acciones en la vida.

Fortalece tu mundo interior, conócete a ti misma antes de salir a conquistar lo que te rodea. El éxito necesita un largo proceso de incubación, requiere de mucha paciencia. ¡Esa es la clave, paciencia! También requiere de mucho esfuerzo y dedicación. Cuando actúas así, una vez que germine el éxito, tendrá un rápido crecimiento, como el noble bambú, pues se sustenta sobre bases fuertes.

¡Por esa razón, Mapai ha crecido! Además del amor, la respaldan ideales que fueron creciendo y profundizándose al paso de los años. Nada es improvisado en Mapai. Todo se ha logrado pacientemente, con mucha pasión y perseverando día tras día.

Algunos, ajenos a la virtud de la paciencia, se empeñan en obtener un éxito rápido. Tratan de buscar el camino más expedito hacia la consecución de sus anhelos. No comprenden que el éxito y la felicidad son el corolario del más profundo crecimiento interior del ser humano y de cómo armoniza ese «yo interno» con el mundo que lo rodea.

Es únicamente en ese momento que comenzamos a ser conscientes de nosotros mismos, de lo que somos y, a la vez, también nos percatamos de lo que no somos. Crecer interiormente es aprender.

Afianza tus raíces, conócete a ti misma y después actúa sin miedos ni prejuicios, con pasión, amor y optimismo. Entonces, crece como el bambú, espárcete.

Busca las alturas.

Ya con raíces profundas, bien sólidas en el terreno de la vida, aspira a escalar más alto cada día, marcha siempre en busca del cielo, conquista las alturas, nunca dejes de soñar en grande, no te detengas, no te des por satisfecha jamás y mucho menos por vencida. Esa es una de las grandes virtudes del bambú que siempre he admirado más.

No es una manifestación de avaricia, sino la manera más virtuosa que tiene el ser humano de jugar su función en la vida. ¡Nada más virtuoso que el bambú! ¡No se detiene nunca después de que rompe el suelo!

Trázate el propósito en la vida de ir siempre por más, de intentar llegar más alto, y así, que ningún arbusto sea capaz de opacarte. Es la única manera de hacer realidad sueños nuevos y más abarcadores. Actuar como te digo no es hacerle el juego a la codicia ni a la ambición desmedida, sino cumplir con nuestra razón de existir y rendir tributo a ese inmenso privilegio con el cual hemos sido bendecidos: la inteligencia.

Si no procedes acorde a ese privilegio, no estarás asumiendo la responsabilidad que te ha sido asignada como ser humano. Será como si, teniendo alas, temieras volar. Esa sí es una muestra de ingratitud. Y, tenlo presente, ningún ser ingrato logra la felicidad verdadera.

No te conformes con lo logrado —mucho o poco—. Eso no quiere decir que seas un ser desagradecido. Todo lo contrario, es una forma de expresar tu gratitud a la vida y llegar a convertirte en un mejor ser humano. No es que batalles en detrimento de los demás, lucha siempre contra tus propias limitaciones, con optimismo e inteligencia, y triunfaras. ¡Como triunfa el bambú!

Sé flexible.

Además de echar raíces profundas para crecer y sostenerse, el bambú tiene la cualidad de ser flexible. Si la observas bien, te darás cuenta de que tiene todas las características de una planta débil, pues es larga y muy delgada. Cualquiera diría, a primera vista, que no resiste el mínimo embate de la naturaleza.

Pero el bambú conoce su debilidad y no la soslaya, por eso es sabio y, por ende, poderoso. Se adapta a la realidad, se vuelve flexible, se encorva más en la medida en que endurece el viento o se hace más intensa la nevada. No es una paradoja: en esa flexibilidad radica su fortaleza.

El bambú, a la vez que crece, se alista para soportarlo todo en la vida. Nada lo quiebra, aunque lleve sobre sí la más pesada de las cargas. Adáptate al ambiente y a las condiciones. Eso no es más que ajustarse a la realidad. Una actitud intransigente nunca es bien recibida.

Intenta siempre llegar al cielo, como el alargado tronco del bambú, pero nunca te derrumbes por un fracaso momentáneo. Adecúate a la peor de las situaciones, sé firme, pero consecuente. No permitas que te arrastren ideas rígidas y limitantes, esas que son madre del inmovilismo. Nunca pases por alto tus debilidades. Todos las tenemos.

Mapai, ahora más que nunca, necesita un líder firme, pero comprensible, nada esquemático, conocedor e inteligente, que se adapte a la realidad de cada momento, que no la esquive y que pueda manejarla de la manera más correcta.

Evita la rigidez. Prepárate para el cambio, aunque deslumbrantes señales, falsos designios o trasnochados paradigmas, encajados en la mentalidad de los seres humanos, te impelan a lo contrario.

Tendrás que enfrentar alguna que otra vez resultados frustrantes en tu empeño. Podrás doblarte, pero a la vez resiste, como el bambú. Nunca cedas, no te quiebres, aguanta el golpe y aprovéchalo, extrae sus experiencias, supéralo y crece aún más.

Un árbol vigoroso, pero rígido, no resiste muchas veces el embate del viento. Sin embargo, ninguna borrasca, por fuerte que sea, es capaz de destruir una obra germinada desde lo más profundo y que es, a la vez, flexible, noble y generosa, como el bambú.

Cuando actúas así, la vida te premia como me premió a mí. ¡Tú eres unos de esos premios!

Sé humilde y bondadosa.

Si siembras un trozo de bambú —reza una frase asiática—, recogerás bambú toda la vida. ¡Vaya ejemplo de humildad, agradecimiento y bondad! Trabaja con el propósito en la vida de que tu obra sea provechosa, precisamente porque la impregnas de esas tres virtudes.

No pierdas de vista lo encomiable que es el ser útil a todos y mostrar tu agradecimiento cada momento. El bambú no escatima cualidades; tampoco lo hagas tú y notarás cómo tu ejemplo crece hacia el cielo.

¡Una persona bondadosa y agradecida siempre recibe a cambio más bondad y agradecimiento! Intenta siempre hacer realidad ese interactuar armonioso con los demás, tanto en lo espiritual como en lo material, entre lo universal y tu mundo interior. Si tributas alegría y amor, recogerás alegría y amor. Si eres bondadosa, la vida también te premiará con bondad.

Nunca escatimes lo bello en ti, porque serás más hermosa y le harás más bella y agradable la vida a los demás. Pero, métetelo en la cabeza, nunca te conviertas en un adorno hueco e insignificante. ¡La vida no es un regalo divino solo para venir a adornarla, sino para luchar y transformarla!

No ostentes. Si te conviertes en un ser humano extraordinario, enorgullécete siempre, pero con la sencillez y humildad que distingue al bambú. Recuerda que su tronco prácticamente no tiene ramas y sus flores apenas pueden ser vistas; sin embargo, su grandeza interna y su bondad van mucho más allá de su humilde presencia.

La humildad es una de las virtudes más ilustres y fastuosas del ser humano. Ella germina de la paciencia, la prudencia, la tolerancia, la templanza y la bondad. Es una expresión infinita de fortaleza. Así crece el bambú: sin ostentar, lleno de humildad. ¡Su ejemplo y utilidad radican en esa sencillez!

Se útil siempre.

Te dije anteriormente que el bambú no escatima cualidades y echa raíces profundas. Eso lo hace una planta hermosa y útil. Aquí en Mapai, su utilidad la percibimos a cada paso.

Gracias a eso construimos viviendas, puentes, tubos para el agua, tejidos, papel, cerbatanas... ¡hasta flautas! Nos alimentamos de sus tiernos tallos, elaboramos medicamentos. ¡El bambú es así de útil!

¿Cómo puedes imitarlo de la mejor manera? Nosotros, los seres humanos, somos más útiles en la medida en que mejor nos preparamos para la vida. Por esa razón, tenemos necesidad de aprender cada día más. Nunca dejes de hacerlo, tal como esta hermosa planta nunca deja de crecer.

Nunca dejes de aprender, para bien de ti y de todos. De esa manera serás una persona más útil, y en la medida que seas más útil, tu bondad se multiplicará. ¡Amamos al bambú porque es útil y bondadoso! Las personas más admiradas son aquellas que son también más útiles y bondadosas.

Hemos venido a la vida para cumplir nuestros sueños, pero también para ser útiles, para mejorar el mundo. Y la mejor manera de hacerlo es prepararnos para luchar por todo aquello que anhelamos, y conquistar el éxito.

Apóyate en el colectivo.

El ser humano es un animal gregario, desarrolla su vida en colectividad. Primero entre la familia. Después amplía ese instinto de vivir junto a los demás, se casa, tiene hijos; forma parte de un colectivo de trabajo, tiene amistades, conocidos, vecinos.

Mapai está formada por un grupo de seres humanos soñadores, espirituales y admiradores de la naturaleza. Aquí todos somos uno, por eso la villa ha existido todos estos años. Recuerda que el bambú no nace ni se desarrolla solo. Brota en colectividad, y eso lo hace aún más fuerte. Las cañas se protegen unas a otras. El viento podrá castigarlas y hasta chiflar entre ellas, pero no las domina.

¡Esa es la fuerza de vivir junto a los demás!

No te separes de tu gente. Te sentirás respaldada. Escucha las opiniones de los demás. De esta manera, tendrás la posibilidad de pedir un consejo cada vez que lo necesites y solicitar el apoyo de una mano amiga cuando más la requieras. ¡Eso es bello, te lo aseguro!

Tania interrumpe su lectura por unos instantes. No puede contener las lágrimas. En primer lugar, por el recuerdo de su padre recién fallecido y, en segundo, porque considera que ha sido injusta con él por valorar su regalo de manera equivocada.

«Solo lo juzgué por su posible valor material. ¿Cómo no imaginé que, en su interior, la pequeña flauta de bambú encerrara un secreto tan valioso? —se reprocha Tania—. Cuando Yandú afirma que mi padre ya había pensado en la persona que podía sustituirlo al frente de la comunidad, ni por casualidad me pasó por la cabeza que era yo. ¡Yo soy su elegida! —exclama, en medio de una mezcla de preocupación y admiración—. Tengo que consultar todo esto con mis hermanos y con Yandú, necesito sus consejos».

Tania se reacomoda en la cama y se dispone a leer los últimos párrafos del documento escrito por su padre.

Te he revelado mi manera de actuar en la vida, mi secreto, que no es más que el mismo secreto que encierra el bambú. Muchos en la comunidad lo conocen y actúan de acuerdo a sus proyecciones. Ese también ha sido el secreto de muchos de nosotros, los que apoyamos inicialmente este proyecto.

Te dije que es la primera vez que lo escribo, de esta manera tan directa, aunque también lo menciono en mi libro...

¿En qué libro? se pregunta Tania con asombro. *¡Estoy por creer que mi padre tenía más secretos que el propio bambú!*

... donde cuento la historia de mi vida. Estoy seguro de que a alguien le podrá interesar. Nunca está de más compartir tus experiencias, aunque no peques de vanidoso. Lo escribí con las mejores intenciones del mundo, y, por supuesto, no podía dejar fuera a mi gran aliado, a mi guía espiritual, el bambú.

Antes de terminar, quiero resumirte en solo unas palabras la esencia de este mensaje. Esa esencia que no es más que el famoso secreto que encierra el bambú, lo que de él no ves a simple vista...

- *Echa raíces profundas antes de salir a conquistar tu realidad y lanzarte en pos de tus sueños.*
- *Sé flexible, nunca te quiebres, aunque a veces pienses que la vida pesa demasiado.*
- *Practica la humildad.*
- *Sé agradecida y bondadosa.*
- *Prepárate para ser útil en muchos terrenos de la vida a la vez, y nunca dejes de aprender.*
- *Apóyate en el colectivo. Escucha a los demás. Recuerda: eres un animal gregario.*

Creo necesario también darte algunos consejos para que los apliques a la hora de actuar. A mí me dieron buenos resultados en la vida.

Nunca pierdas la paciencia, persevera y ama con pasión, no perjudiques a nadie en pos de un anhelo y mira siempre a las alturas.

Eres la flor más pura de Mapai, nada te intoxica. Si de verdad deseas dedicar tu vida a nuestros sueños, aquí te dejo mi legado, lo hago todo tuyo. Me despido con un pensamiento de alguien muy querido por los jóvenes, porque a ellos dedicó parte de su talento. Me refiero a un cubano ilustre del siglo XIX: José Martí: «La juventud es la edad del crecimiento y del desarrollo, de la actividad y de la viveza, de la imaginación y el ímpetu».[2]

Eres joven y cuentas con todas esas cualidades de las que habla Martí. A ese ímpetu de joven, súmale el secreto del bambú y triunfarás. Mapai siempre te lo agradecerá.

Mi regalo es este. Bien envuelto, cabe dentro de una estrecha flauta, pero expandido puede contribuir mucho al éxito y a la felicidad de tu vida y la de los demás, pues encierra la fuerza, la humildad y la nobleza del bambú.

¡Un beso!

Tu papá

Tania aprieta el pergamino contra su pecho durante unos minutos, hasta que se decide a enrollarlo nuevamente y guardarlo. Se sienta en su cama y lo acomoda, pero no dentro de la pequeña flauta, sino en una gaveta de la mesita de noche.

La joven no se perdona haber pensado que su padre la había subvalorado. Había comparado el regalo de cada uno de sus hermanos con el suyo, pues en ese momento la capacidad emocional para comprender que lo fundamental en la vida no está determinado siempre por los bienes materiales, que la mayor dádiva puede venir envuelta solo de espiritualidad: un sencillo abrazo, una sonrisa, una flor... ¡una flautica vieja!

Mi padre me lo dijo muchas veces. ¿Cómo no fui capaz de entenderlo desde el primer momento? Se lamenta, un par de lagrimones corren por sus mejillas. Tania experimenta una profunda sensación de tristeza y pesar. *¡Fui injusta, muy injusta con mi padre! ¡Y bruta, muy bruta también...! Debí haberme dado cuenta desde el principio que esa era una de sus artimañas.*

En ese instante, cierra los ojos y ve la imagen de su padre rascándose la cabeza y con la expresión picaresca en sus ojos que siempre lo caracterizó. Ella, entre lágrimas, no puede menos que dedicarle una pequeña sonrisa.

Tengo que hablar con Yandú, con mis hermanos y con todos los que pueda en Mapai. Debo enseñarles el verdadero legado de mi padre, el compromiso con el cual me ha bendecido, porque la responsabilidad de que Mapai se mantenga con vida es una bendición para mí. Se lleva la flauta a los labios, sopla, el aire recorre sin trabarse el interior del diminuto instrumento: suena como lo hizo siempre... Ya está libre de secretos.

Tras leer el manuscrito de Huáscar un par de veces, Yandú, Kamon y Khalan intercambian miradas. Cada uno espera que sea otro quien rompa el silencio. Tania los acompaña. Están sentados en el piso del palacio de bambú, en el recibidor, en el mismo lugar donde presenciaron la holografía de Huáscar dándoles a conocer su legado.

A todos los embarga la emoción. Hoy la admiración por su padre se acrecienta. Si algo se reprochan los tres hermanos es que nunca se les ocurrió pensar que, regalar la flauta, no era más que otra de esas acciones originales que salpicaron la vida del viejo Huáscar.

Al menos Yandú siente esa satisfacción. En un momento determinado, pensó que había «gato encerrado» y no se equivocó. Precisamente, ella es la primera que se decide a hablar.

—Desde el primer minuto que conversé con su padre, aquella tarde cuando llegué a Mapai, me di cuenta de sus planes para Tania. Fue él quien la bautizó como la princesa bambú. ¿Quién es la princesa...?

Guarda un breve silencio antes de responder ella misma.

—... La que sustituye al monarca. Lo hacía en sentido figurado, por supuesto. No se consideraba un rey, ni mucho menos, pero tiene mucho significado.

—Admito que siempre pensé que era una forma cariñosa de llamarla, que no encerraba otras intenciones —expresa Khalan su punto de vista.

—Yo también —reafirma Tania, con timidez, las palabras de Khalan.

—Ambas cosas —opina otra vez Yandú—. Es cierto que es una manera cariñosa de llamar a Tania, pero, en realidad, Huáscar siempre la vio como el fruto más puro de Mapai. Tania nace aquí, vive aquí, conoce todos sus secretos, ama la selva. Si de verdad lo pensamos bien, nadie como ella para ser elegida guía de la comunidad.

—Es muy joven, Yandú —dice Kamon con cierto aire de escepticismo.

—Nada tiene que ver —le responde la mujer—. En las civilizaciones indígenas, muchas veces una persona joven como Tania tiene que hacerse cargo de la tribu por alguna u otra razón....

El ímpetu de Kamon la interrumpe.

—Pero, con todo el respeto, esto no es una tribu. En Mapai viven científicos, médicos, cibernéticos, por solo mencionar algunas profesiones. Se requiere, además, de amor por lo que se hace, talento y experiencia. A Tania le sobra amor, es innegable. También ha estudiado mucho, a pesar de su corta edad, pero no lo suficiente todavía, y lo principal: carece de experiencia.

—Pero nosotros tenemos una ventaja sobre el joven jefe de tribu, que no tuve tiempo de decir, Kamon —replica Yandú al hijo mayor—. Nosotros podemos preparar a Tania. Estamos en condiciones de ayudarla con nuestros conocimientos y experiencia.

Khalan, con el manuscrito abierto en sus manos, se dispone a leer alguno de sus párrafos.

—Tienes razón, Yandú. Si leemos detenidamente el manuscrito de nuestro padre, no solo está dirigido a Tania, sino que está escrito para que todo Mapai lo conozca. Papá, en una de sus partes, dice así, escuchen bien:

*«Te he hablado en ocasiones anteriores de esas cualidades del bambú. Han sido un ejemplo a seguir para mi vida y, por supuesto, para los habitantes de Mapai. Aquí en la villa todos hemos actuado siguiendo sus huellas, pero ahora, por primera vez, las escribo para que las tengas siempre presentes, las hagas tuyas, te guíen en tu andar por el mundo y las pongas en práctica por el bien de esta comunidad y de sus objetivos. Además, **has de compartirlas con todos sus habitantes**. Si lo haces así, ganarás el linaje que requiere un verdadero líder».*

Khalan lee otro párrafo y enfatiza aún más sus palabras.

—*«... eres la más genuina hija de Mapai, naciste aquí... Estás descontaminada, eres un diamante en bruto. En la medida en que pulas tu alma con la ayuda de todos los que te rodean y aman...».*

Hace mayor énfasis cuando dice: «con la ayuda de todos los que te rodean y aman».

—«... tendrás la capacidad de afilar aún más la obra que emprendimos aquí, en la Amazonía, hace más de quince años». Papá expone a las claras que Tania es el símbolo, pero que debemos ayudarla, precisamente, en el punto donde, creo yo, ella adolece más: en la experiencia. Somos las personas que, como dice papá: la «rodean y aman».

Todos asienten.

—Ahora más que nunca, Mapai necesita una «reina», una guía —afirma convencida Yandú—. Tania, tú tienes las virtudes necesarias para serlo. Eres un símbolo, tu padre no se equivoca al decirlo. Eres lo más puro que se ha engendrado en esta villa. Por lo tanto, aunque no soy de la familia, estoy convencida de que eres la indicada para pulir aún más la obra de Mapai, la misma obra que inició tu padre.

Tania se mantiene callada. Todos miran a la adolescente.

—¿Qué piensas? —pregunta Kamon.

—Es un gran honor para mí que papá me seleccionara. Me sorprende mucho que haya sido su elegida, como dice en el documento y reconozco que nunca lo pensé, que estoy algo confundida. Admito también que sentí cierta decepción cuando vi que mi regalo era la flautica.

El momento se distiende con la sonrisa de todos, provocada por las ocurrentes palabras de Tania. A decir verdad, cada uno de ellos sintió la misma sensación cuando Tania abrió el pequeño cofre. La quinceañera sigue hablando.

—Es un gran honor, reitero, pero también me es imposible negar que temo no poder cumplir con mi padre. Les confieso que, hasta cierto punto, traicioné su confianza. Me duele mucho decirlo.

—¿Qué quieres decir con eso, hermanita? —pregunta muy preocupado Khalan.

—Quiero decir que no soy perfecta, que llegó un momento en que, dolida por el regalo, tuve la ingratitud de cuestionar mi permanencia en la villa. Hasta pensé en marcharme para Tarapoto y vivir en la antigua casa de los abuelos. Comparé un desfile de modas en Lima con los vestidos que me regalaron por el cumpleaños, me imaginé ciudades, automóviles, teatros, todo lo que existe allá afuera —se queda pensativa un momento y luego sigue—: Lo digo para que vean que no soy algo tan perfecto, como afirma papá.

Las palabras de Tania arrastran segundos de profundo silencio. Kamon es quien se decide a hablar primero.

—Pero papá nunca ha dicho que fueras perfecta. Aquí nadie es perfecto. Él solo ha afirmado que eres la creación más pura. Nunca dijo «la creación perfecta» —recalca—. Yo he pensado en irme unas cuantas veces y sigo pensándolo. Khalan tampoco es perfecto. A veces es más introvertido de la cuenta y no aprende a pescar, por mucho que lo enseño, con lo necesario que es para todos nosotros. Y Yandú... —Kamon titubea, no logra redondear su idea, pero sale bien parado—. Bueno... Yandú, me imagino que tiene también sus defectos.

En ese momento se cruzan las miradas de Tania y Yandú. Una sonrisa pícara, casi imperceptible, se dibuja en el rostro de ambas.

—Así que ese no es motivo para que te aflijas, ni mucho menos —concluye Kamon.

—Pero, hay otra cosa —dice Tania.

—¿Otra más? —se preguntan los dos hermanos casi a la vez, mientras Yandú comienza a disfrutar la escena.

—Me da miedo, mucho miedo. Si no logro eso, sería algo así como traicionar la memoria de papá. Además, Kamon no confía en mí.

—Yo sí confió en ti. Solo dije que te faltaba experiencia, pero todos podemos ayudarte, en eso no falta razón —dice Kamon.

—¿Tú la apoyas, Khalan? —pregunta Kamon.

—¡Claro que sí! —responde convencido el hermano menor.

—¿Y tú, Yandú?

—Por supuesto que también.

—Si es así, si ustedes me apoyan, estoy dispuesta a luchar por asumir ese papel de símbolo de Mapai, del que habla en el pergamino mi padre. Si en algún momento la comunidad lo decide, también estoy en la disposición de convertirme en la guía.

—¡Así se habla, hermanita! —las palabras de Khalan brotan con orgullo.

—No obstante —continúa Tania—, todos tenemos que estar más conscientes que nunca de que Mapai se divide y está en peligro su existencia. Por esa razón, en honor a la memoria de nuestro padre, debemos comenzar desde ahora mismo a luchar para que no desaparezca. Mapai aún tiene mucho que demostrar al mundo. Tenemos en nuestras manos la filosofía que nos guía, que es fundamental. Vivimos rodeados de bambú, la Amazonía espera mucho de nosotros. El mensaje de armonía, paz y amor a la naturaleza, que enviamos al mundo, ahora debe salir de esta villa con más fuerza que nunca.

Las palabras de Tania conmueven a todos. Dejan bien sentado que no es una adolescente cualquiera. Sustenta con convicciones firmes a pesar de su edad, es inteligente y entusiasta. Es, aunque no sea perfecta, la flor más pura de Mapai, como expresara su padre.

Algún día, más temprano que tarde, Tania conocerá la civilización, podrá viajar a Lima, Nueva York, París, adonde se le antoje, si sus posibilidades se lo permiten. Eso nada ni nadie tiene derecho a prohibírselo, es un ser humano libre. Tendrá la posibilidad de comparar y seleccionar el mundo que desea para ella y los suyos, porque Tania también conocerá el amor. Y no hay ser, ni humano ni divino, que pueda afirmar que ese sentimiento no la arrastrará con la misma fuerza telúrica que logró arrancar a Yandú de sus aún tiernas raíces. Su vida, como debe ser, se hará susceptible al cambio, ella decidirá; pero, ahora, en Mapai, nadie como Tania para sostener el símbolo de la comunidad, como se lo pidiera su padre. Ella, aunque con temor, lo asume, y ahí radica su valentía.

Tania está consciente de sus debilidades. Una líder no surge por nombramiento. El carácter, las potencialidades naturales que requiere un ser de esta naturaleza, no se estudian en la universidad ni en escuela alguna. Está demostrado que se pueden aprender algunas técnicas tendientes a mejorar la labor de liderazgo, pero ellas nunca convierten en un líder real a nadie que no disponga de las aptitudes imprescindibles.

¿Las tendrá ella? Esa misma pregunta se la hace. Trata de responderla, una y otra vez. ¿Cómo harán para lograrlo? Esa ni se la hace, la respuesta ni siquiera la imagina.

Un alemán, un angolano y un japonés

Del breve encuentro familiar, mucho trabajo se desprende para Tania, Kamon, Khalan y Yandú. La primera tarea, según ellos creen, consiste en dar a conocer a la comunidad el contenido del pergamino de Huáscar, haciendo énfasis en los deseos del viejo líder de mantener viva a Mapai, a pesar de su ausencia, y en su propuesta de valorar a Tania como futura guía.

Se hacen imprescindibles cientos de copias del documento, las necesarias para que todos los habitantes dispongan, al menos, de una. Khalan se ocupa. Lo hace solo porque Kamon, según expone, no puede apartarse de su labor fundamental, o sea, abastecer de pescado a los habitantes, tanto los que captura día a día en el Amazonas, y que está obligado a repartirlos frescos en la villa, como los que cultiva en los estanques, que se adaptan y se reproducen muy bien, pero que requieren de mucho cuidado.

Como una integrante más del grupo que dirige a Mapai, después de la muerte de Huáscar, Yandú tiene la responsabilidad de consultar con el resto de los miembros el pergamino de la flauta. Los integrantes del grupo fueron elegidos por el voto directo y secreto de los habitantes, en un ejercicio de genuina demostración de democracia, típico de la sociedad de Mapai.

—Pecaría de irresponsable si no lo hago de esta manera. Le faltaría el respeto al resto del grupo de personalidades, que es ahora la máxima autoridad de la villa —explica Yandú a Tania, pocos minutos antes de partir al encuentro con las tres distinguidas personalidades, grandes amigos de Huáscar.

La reunión se produce en la pequeña oficina donde trabajaban Huáscar y algunos de sus ayudantes más cercanos, casi todos miembros del grupo al cual pertenece Yandú. Su autoridad es provisional, pero de mucha importancia, si se tiene en cuenta que es el responsable de mantener y dirigir el funcionamiento y el orden en la villa.

El local está ubicado, si lo comparamos con el palacio de bambú, al otro extremo de la plaza. Para llegar hasta él, a Huáscar se le hacía necesario pasar la escuela y atravesar los jardines. El líder de Mapai vivía convencido de que el momento idóneo para enterarse de los problemas de la comunidad era cuando atravesaba la plaza de un lado a otro.

Tenía la posibilidad, aseguraba, de conversar con algunos habitantes de la villa, de saludar a muchos y hasta de tomar café o jugo, y a veces de almorzar o cenar en la casa de cualquier vecino. Muchos lo invitaban y él, gustosamente, aceptaba.

Ese ir y venir, tres o cuatro veces al día, de su residencia a la oficina y de la oficina a su residencia, permitía a Huáscar, además de relacionarse con todos los habitantes de Mapai, caminar lo suficiente. Era un ejercicio físico imprescindible para todos, en especial para una persona de su edad.

Además, sostenía que el recorrido le brindaba la posibilidad de saborear el olor de la selva y escuchar su sonido, el cual lo atraía como los cantos de sirena atrajeron a Ulises en su viaje de regreso a Ítaca, al encuentro con Penélope, después de la guerra de Troya. Huáscar disfrutaba ese recorrido diario hasta la saciedad.

—Lo peor que puede hacer una persona en la vida —decía una y mil veces—, es vivir y trabajar en el mismo lugar, porque se priva de la oportunidad de compartir con los demás, se embrutece, sobre todo hoy día cuando las oficinas y los cuartos están llenos de aparatos electrónicos que, hasta cuando duermes, te dicen qué debes hacer, a dónde debes ir y hasta qué sucede en ese instante, a miles de kilómetros.

»¡Uff, eso es inhumano! —exclamaba el viejo líder.

»Pero hay algo más: esa vida sedentaria, dominada por la tecnología, conduce a los seres humanos a una de las dolencias crónicas y más peligrosas de finales del siglo XXI, la obesidad —alertaba también.

Saludaba a todos en medio de su recorrido y les sugería siempre:

—¡Sean como el jaguar! Ese bello animal envejece, pero no engorda. Muere flaco y fuerte porque camina kilómetros todos los días en busca de su presa.

Todos en Mapai recuerdan a Huáscar yendo de un lado para otro, incansable, como son los verdaderos líderes.

Yandú llega temprano al pequeño local donde trabaja el grupo de personas que dirige, en estos tiempos duros, los caminos de Mapai. Se encuentra con sus tres colegas, todos hombres. No por criterios patriarcales, sino porque son los seres más capaces y admirados de la villa. Esa es la razón por la que han sido seleccionados para integrar tan selecto grupo.

Uno es alemán, Hanz Gunter; otro japonés, Ikiro Fujiyama, igual que el famoso volcán, y el tercero es el angolano Demetrio Alves. Este último, según afirma, nació en una tribu de descendencia mandinga, en uno de los tantos quimbos que aún abundan en los territorios de África subecuatorial. Él lo describe rodeado de cañas de bambú por todas partes. Entre otros sobrenombres cariñosos, le dicen «el hijo negro del bambú». Para él, es un orgullo.

Yandú reparte el pergamino y tiene la responsabilidad de leerlo. Los tres hombres, ninguno menor de setenta años, todo un consejo de ancianos, la escuchan con atención. Además, siguen con la vista cada palabra del documento.

Cuando Yandú termina de leer, el japonés muestra cara de asombro, el alemán mueve la cabeza, al parecer en tono de asentimiento, y el africano se ríe y enseña su enorme dentadura blanca, que contrasta a más no poder con su tez negra azulada.

Todos los elegidos son personas muy respetadas y queridas en la villa, incluyendo a Yandú. Quizás uno de ellos sea el más indicado para sustituir a Huáscar, pero todos defienden el criterio de que el próximo guía debe ser un joven. Dicen, con razón y mucha jocosidad, que cuando ellos empiecen a morirse, los miembros de la villa van a tener que hacer elecciones todas las semanas.

El japonés, quien al parecer dirige la reunión, le pregunta al africano por qué acepta la propuesta de Yandú. Lo conoce bien, sabe que cuando ríe es porque acepta. De lo contrario, se hubiera quedado tranquilo, impávido.

El hombre responde con un famoso y profundo proverbio africano:

—**Si instruimos a un niño, preparamos a un hombre. Si instruimos a una mujer, preparamos a toda la aldea**. Por esa razón, siempre pensé que podía ser Yandú, pero si ella acepta a Tania, tiene mi aprobación. Además, dice un mandinga de cuyo nombre no me acuerdo, que **las huellas de las personas que caminaron juntas, nunca se borran**. Tania solo caminó junto a Huáscar un breve tiempo, pero seguro que ambos dejaron huellas. Yandú, cuenta con mi apoyo —asegura.

Yandú, por supuesto, acoge con beneplácito sus palabras.

El japonés mira al alemán. Al parecer, sus ojos le bastan para pedirle que hable y exponga sus puntos de vista. El germano, rubio, de ojos azules y rojas mejillas, responde con una leyenda del norte de Europa. Dice que es posible que sea escandinava, aunque no lo recuerda muy bien.

—Una vez, en la zona norte de Europa —cuenta el alemán—, muere un rey viudo. Tenía tres hijos: una mujer, comentan que muy bella, y dos hombres. Además de bella, la hija era la más inteligente y preparada para ocupar el trono; pero era la más joven de los tres. Sin embargo, infinitos reglamentos y tradiciones se interponían en el camino cuando era pretensión nombrar a una mujer como jefa de un reino. Mucho menos cuando esa mujer era hija de un rey viudo.

»¡No sé por qué! —aclara y sigue contando.

»Por esa razón, más que nunca, un hombre debía ser nombrado monarca. Entonces fue nombrado al trono el hermano mayor. Su breve reinado fue un desastre, transcurrió entre guerras y desvaríos. Una tarde muere atravesado por una flecha enemiga. El segundo hermano, al tanto de su incapacidad, propone para reina a su hermana menor. Todos la aceptan, conocían el desastre que provocó el hermano mayor. La leyenda dice que ella terminó la guerra, hizo las paces con sus adversarios y todos los países vecinos. Gobernó por muchos años y condujo a su pueblo por caminos de felicidad. Y, hoy día, esa nación, es próspera y provechosa».

—¿Cuál es la moraleja? —pregunta el japonés.

—No desconfíes de mujeres jóvenes y bellas —el alemán lo dice con firmeza, mira a Yandú y se ríe—. Todos conocemos el criterio de Yandú, así que no es necesario que ella hable. Si los tres apoyan el documento y, por supuesto, la propuesta de Huáscar, solo nos quedaría respaldar a Tania, respaldarla mucho, porque son tiempos difíciles.

—Pero me gustaría conocer su punto de vista —pide Yandú al japonés que dirige la reunión.

—Querida Yandú, después de la desaparición de Huáscar, que todos esperábamos de un momento a otro porque nos mantenía al corriente de su estado de salud, siempre pensé que tú eras la persona indicada para servir de guía a los habitantes de Mapai.

—Gracias, señor —expresa Yandú con marcado respeto.

—Eres aún joven, conoces la selva y dominas la filosofía del bambú —continúa el japonés—. Pero no puedo negar que esa propuesta de

Tania me entusiasma, sobre todo, porque es muy joven, y eso atraerá a los de su misma edad. Ellos son las personas más reticentes a la hora de comprender, en toda su magnitud, la intensidad y lo imprescindible de nuestras ideas. Tania siente sus mismas inquietudes, sus puntos de vista. El porqué se mantiene en Mapai y el porqué dirige la villa pueden ser un argumento capaz de convencer al más evasivo.

—El propio Huáscar tiene en su familia a Kamon —continúa hablando el japonés—. Al igual que él, muchos jóvenes pretenden abandonar la villa. Ya han crecido junto a sus padres, a la sombra del bambú, han asimilado su filosofía y son magníficas personas, pero tienen el derecho, ya de mayores, a decidir por ellos mismos. Argumentan que, con el dominio de la filosofía del bambú, la vida allá afuera les será más agradable.

»Creo que ahí radica la verdadera importancia de que Tania sea elegida nuestra guía —sigue el japonés—. Ya que aquí todos han citado leyendas y refranes, quiero expresar una idea de un psicólogo y escritor que nació a mediados del siglo pasado. Su nombre es Rick Warren, el escribió un famoso libro titulado *Liderazgo con propósito*, que tiene mucha validez hoy día, a pesar de los años que han transcurrido. Warren dice: **El liderazgo es influencia para bien o para mal... No puedes forzar a nadie a seguirte, hagas lo que hagas. Tienes que inspirar a la gente para que te siga.**[3]

»La misión de Tania será fuerte, consistirá, fundamentalmente, en persuadir, en inspirar. Todos estamos en la disposición de ayudarla, sobre todo en la manera en que ha de hacerlo. Sin embargo, esto no es lo que más me preocupa».

Los presentes esmeran su atención.

—Lo que más me preocupa es que hagamos de esto una lid electoral. Ese sí sería el fin de Mapai. Nuestros líderes no han de surgir de incisivas campañas, ni estarán expuestos a debates, a veces bochornosos. Nuestros líderes han de brotar de forma natural, como afloró Huáscar, como lo hace el bambú, como crece el árbol más alto de la Amazonía. Apoyo a Tania porque la considero, además del fruto más bello y hermoso de la villa, el brote más tierno del bambú, ese que cuando ve la luz no para de crecer. Si no me equivoco, apoyándome en la devoción y el amor que ella manifiesta por la villa, la puede hacer crecer mucho.

Todos coinciden con las profundas palabras del japonés. Dar la imagen de que se está proponiendo a Tania para guía de Mapai, utilizando las mismas estratagemas de un aspirante a alcalde de pueblo, sería desastroso para la villa. Todos coinciden con ese punto de vista, pero... ¿Qué hacer? ¿De qué forma proponer a Tania?

El africano sugiere una idea.

—Según he podido indagar, muchos en la villa desean homenajear a Huáscar. Dicen que las honras fúnebres no bastan, aunque estuvieron a su altura. Considero que es muy correcto rendirle tributo a nuestro líder en la misma plazoleta de Mapai, la que él atravesaba todos los días. En medio de ese tributo, Tania podrá hablar, expondrá sus puntos de vista, dará a conocer cuánto espera de la villa, sus expectativas y cuánto significa para ella Mapai. Si logra, a pesar de su juventud, llegar a quienes la escuchan, estoy seguro de que todos la apoyarán como líder; entre otras razones, por respeto a su padre. Pero si falla, si no comunica, lo lamento por Huáscar, pero sus sugerencias no podrán ser escuchadas. Y también... lo lamento por Mapai.

—¿La alerto de todo? —pregunta Yandú.

—No, nada de eso —responde ahora el japonés—. La idea de mi colega es muy buena, pero ella no debe saber nada. Sobre todo, para no presionarla. Sería muy duro que supiera cuánto está en juego.

—Considero que el manuscrito no debe circular entre los habitantes, al menos antes de que rindamos homenaje a Huáscar. Puede influir a favor de Tania, y eso no debe ser bueno —propone el alemán.

—Pero ya Khalan está imprimiendo las copias para repartirlas —alerta Yandú con preocupación.

—Ese es el impulso de la juventud que necesita Mapai para muchas cosas, pero no para esta. Que las imprima, pero que no las distribuya. Además, no incumplimos con Huáscar, el pergamino dice: «Aquí en la villa todos hemos actuado siguiendo sus huellas», se refiere a las huellas del bambú, «pero, ahora por primera vez, las escribo para que las tengas siempre presentes, las hagas tuyas, te guíen en tu andar por el mundo y las pongas en práctica por el bien de esta comunidad y de sus objetivos. Además, has de compartirlas con todos sus habitantes. Si lo haces así, ganarás el linaje que requiere un verdadero líder». Lo ha de compartir después de que sea considerada líder. Es muy joven, su linaje lo irá ganando con el ir y venir de la vida.

—Estoy de acuerdo, señor. Inmediatamente comunico a Khalan que no reparta el documento.

Todos aceptan. La reunión termina con una mezcla de satisfacción y preocupación para Yandú. Tiene las manos libres, puede ayudar a Tania a cumplir los deseos de su padre, pero, ahora más que nunca, todo depende de la pasión, la inteligencia, la perseverancia y el nivel de empatía que logre desarrollar con los asistentes.

Tras la decisión del grupo de personalidades de Mapai, Khalan se dedica, únicamente, a investigar el punto de vista de los habitantes. Valora que el estado de opinión sea diverso. Nada tiene de ilógico ni de dañino que sea así, teniendo en cuenta las disímiles maneras de pensar con que enfrentan la vida los mapayanos. Es una comunidad muy heterogénea, a pesar de no contar con más de trescientos habitantes.

Muchos, los que nunca tuvieron reparos en apoyar las ideas de Huáscar, los que durante más de veinte años lo acompañaron en el esfuerzo de hacer realidad ese gran sueño imbuidos por la filosofía del bambú, no dudan en considerar lo imprescindible de su obra, de enviarle al mundo un mensaje de paz, de trabajo, de amor a la naturaleza, de continuo mejoramiento humano. Otros sustentan que Mapai ya es todo un símbolo, que cumplió sus objetivos con creces, por cuanto ya es hora de salir y dar a conocer a los cuatro vientos ese mensaje y las experiencias vividas allí.

Muchos jóvenes, como explicó el japonés, prefieren salir, vivir fuera, al menos por un tiempo, y así saborear la oportunidad de crearse una opinión propia. O sea, vivir la diferencia, acumular las evidencias suficientes para seleccionar por ellos mismos el camino que entiendan correcto. Ninguno de los jóvenes nació en Mapai, todos llegaron muy pequeños a la comunidad. No son desagradecidos, solo valoran la posibilidad de ser ellos mismos, ya de mayores, quienes decidan por su propia vida. La única joven que nació aquí es Tania.

Por iniciativa propia, incluso, sin consultarlo con Yandú, Khalan pregunta a algunos, en voz baja, si tienen en la mente algún posible sustituto de su padre. A los más allegados les solicita sus puntos de vista y hasta les sugiere la posibilidad de que sea Tania. Unos no consideran a Tania un símbolo; otros sí la aprecian como tal. Entre los que la consideran un símbolo, muchos coinciden en que ella es «la flor más pura», como la denomina Huáscar.

Como es de esperar, lo que más determina en los criterios negativos es la edad de Tania. Los más escépticos afirman que su hermana aún no conoce la civilización. ¿Con qué argumentos decide?

—La imagen de la vida moderna que llega hasta los sentidos de ella —le expresan a Khalan—, es solo la que recorre las redes sociales. Y no pocas veces esos medios distorsionan la realidad. En ocasiones la pintan más mala de la cuenta, en otras mejor de lo que realmente es.

Mapai es un gran cocinado de nacionalidades, razas, filosofías, religiones. Es imposible que una comunidad compuesta por integrantes de tan disimiles orígenes, aunque todos abracen una filosofía tan hermosa como la del bambú, sustente un criterio unánime.

Para mantener unida a la comunidad y no solo eso, sino lo más importante, para mantenerla viva, se requiere de un verdadero líder, un ser humano como Huáscar con condiciones naturales e intelectuales imprescindibles para atraer a los demás en torno a sus sueños. Ese es el pensar de la inmensa mayoría de los mapayanos.

Tania se debate en medio del deseo de cumplir con el legado de su padre y el temor de no poder convertirse, realmente, en el símbolo de unidad que él ha pedido y que requiere en estos momentos la villa, para que continúe existiendo como hasta ahora. Tania está al tanto de todas las contradicciones y, por supuesto, la inquietan mucho, a pesar del apoyo incondicional de los suyos y de un buen número de habitantes seguidores de su padre.

Tras un día duro, Tania lee, busca en las redes sociales, se relaciona por primera vez con el significado de la palabra «liderazgo». Utiliza todas las posibilidades técnicas de que dispone, que no son pocas en esa época, para leer sobre el significado del vocablo y, por supuesto, sobre las particularidades que deben caracterizar a un líder.

Yandú no se encuentra en esos momentos en el cuarto principal del palacio de bambú, el cual ocupan ahora ambas mujeres. Es la misma amplia y ventilada habitación del tercer piso del palacio, donde murió Huáscar, que fuera utilizada por él durante más de quince años. Primero junto a Sabrina y después solo, desde el mismo día del nacimiento de su hija.

Yandú, al parecer, ha salido a conversar con miembros de la villa después de cocinar una suculenta comida a base de brochetas de semillas de macambo tostadas a la brasa, un plato muy popular en toda la región amazónica, sobre todo en Iquitos. Su sabor es agridulce, y Yandú, según la apasionada Tania, las cocina mejor que nadie en Mapai. Además le ha preparado un nutritivo jugo de maracuyá, el llamado fruto de la pasión.

Después de deleitarse con el exquisito y sano manjar, y antes de que el sueño la domine, la adolescente comienza a revisar los documentos de su padre, guardados en la memoria de su viejo computador. Sabe que la inmensa mayoría de sus papeles están encerrados en una de las gavetas de la mesita, frente a la cual ahora se encuentra sentada. Tiene la llave. No es una electrónica, sino de las antiguas, de esas que funcionan por la combinación perfecta de estrías y diente, pero hoy se decide a explorar el mundo interno del computador de su padre.

Se interesa por el concepto de líder. Lee decenas de definiciones, pero una es la que más le llama la atención: «Líder es aquel que tiene la capacidad de influir sobre un colectivo y guiarlo hasta conquistar los objetivos propuestos. Además de su influencia sobre el personal, desarrolla y pone en función de sus propósitos las buenas relaciones humanas».

«Ese era mi padre... ¿Cómo voy a llegar a eso?».

Tania se siente desconcertada, se profundiza en ella el temor de no poder cumplir con las expectativas de su padre.

«¿Cómo puedo ser una líder?», se pregunta una y otra vez. El sueño parece alejarse. Se siente nerviosa, la indecisión se ensaña con ella, las manos le sudan. «Ser hija del líder no me otorga ese derecho ni esa capacidad. Sin embargo, él afirma en el manuscrito que poseo las virtudes para mantener viva a Mapai, a pesar de las divisiones que ha provocado su muerte. Pero, siento temor... ¿Un líder puede sentir temor?»

En medio de la duda y el temor, sentimientos exacerbados por el dolor de la reciente pérdida de su padre, Tania divaga por los caminos de las redes sociales y se conecta con el mundo sin rumbo fijo; aunque lo hace con recelo, teme encontrar más argumentos que la persuadan de su incapacidad para enfrentar la encomienda a ella asignada.

La joven está capacitada, al igual que todos los estudiantes de la comunidad, para utilizar su nano computador, que lleva consigo en uno de sus dedos, como un simple anillo. En la escuela de Mapai, gracias al apoyo de organizaciones internacionales, empeñadas en elevar los niveles de educación en la villa, funcionan los más sofisticados medios técnicos. Son los mismos que se ponen a disposición de los alumnos en los más encumbrados colegios de las más desarrolladas capitales del mundo.

El moderno equipo minicomputador de Tania responde a los reflejos incondicionados de su cuerpo. O sea, al movimiento de los dedos, los brazos, los párpados, los labios y hasta a un simple guiño de cualquiera de sus ojos, o a un ligero movimiento de cabeza.

«¡Todo un grito de la nano cibernética del momento!», expresa en ocasiones una admirada Tania.

La señal que emite el pequeño aparato no se refleja en una pantalla externa, sino que se dirige directamente al lóbulo temporal del cerebro, a un par de puntos, ubicados detrás de cada sien, que son los encargados de controlar las tareas visuales y auditivas del cuerpo humano.

El computador que lleva en su dedo es posible gracias a las ventajas de la llamada nanotecnología, técnica capaz de reducir hasta diez mil veces el tamaño de un transistor de silicio normal, como aquellos que se utilizaban en el primer cuarto de siglo.

Huáscar nunca se mostró reacio a los adelantos de esta naturaleza, aunque sí le preocupaba la denominada «corriente integrista», que defiende la plena integración de la máquina al cuerpo del ser humano.

Desde hace un par de décadas se han venido fortaleciendo las hipótesis que sustentan esta manera, para algunos antinatural, de utilizar la tecnología.

Sus defensores, sin embargo, argumentan que es la única fórmula posible para que las llamadas «inteligencias artificiales» nunca superen la capacidad de razonamiento y creación de las personas.

Científicos futuristas muy serios enarbolan esta idea, porque, según ellos, es la única manera efectiva, aunque parezca antinatural, para que las «máquinas inteligentes» se subordinen siempre al razonamiento, la inteligencia y la acción humanos.

Afirman que cuando la máquina se incorpora íntimamente al cuerpo y a la mente del hombre, de hecho lo convierte en un ser más inteligente, y la diferencia entre inteligencia natural y artificial se diluye.

La idea tiende a subordinar cada uno de los controles de mando de la máquina al cuerpo, incluso a las pulsaciones eléctricas cerebrales. De no ser así, se corre el riesgo de que esas maravillosas creaciones del talento humano, convertidas en «inteligencias externas», o extracorporales, logren controlar el camino del hombre por la vida. Eso sería lo verdaderamente antinatural, sustentan los defensores de la calificada «nanotecnología íntima».

A Huáscar esta idea no le convenció mucho, pero en vida nunca luchó contra ella. Siempre temió ser considerado retrógrado y que lo calificaran como un ser no preparado para el cambio en la vida. Sin embargo, a pesar de su medido desacuerdo, algo le cautivó de esa idea: el notable ahorro de energía.

—¡Imagínense! —decía Huáscar—. Si la maquina reduce diez mil veces su tamaño, existe la posibilidad de que su consumo energético también se reduzca a esa cantidad, o sea, que consuma diez mil veces menos combustible. Cualquiera que sea la energía utilizada, siempre será un ahorro significativo —expresaba con satisfacción.

Esa razón, esencial para él, era la que impulsaba a Huáscar y a todos los habitantes de Mapai a motivar a los jóvenes estudiantes para que se relacionen con la nanotecnología. Tremendo orgullo sienten los habitantes de la villa cuando se enteran de que algunas compañías diseñadoras y creadoras de tecnologías de punta utilizan el bambú como integrante de muchos componentes, teniendo en cuenta las cualidades de su fibra vegetal.

Huáscar aceptaba todo esto, pero él prefería su antiguo computador de mediados de siglo, con una obsoleta pantalla de técnica holográfica. Sobre todo, cuando explora la situación mundial, para leer y escuchar noticias; para, muchas veces, sufrir reportajes elaborados en los neurálgicos puntos del planeta Tierra y hasta fuera de él. Huáscar, gracias a su viejo computador, estaba al tanto en todo momento de lo que sucedía —y lo que no sucedía— en el mundo.

Hoy Tania, quizás por la nostalgia que le provoca la reciente muerte de su ser más querido, soslaya el moderno nano computador en forma de anillo y trabaja en el obsoleto equipo de su padre. Experimenta una hermosa sensación cuando lo hace. A veces hasta juega con él, conoce la contraseña. Sus párpados suben y bajan emitiendo órdenes tan seguidas que el aparato, con bastantes años de uso, se pierde, no comprende las intenciones de la joven.

Sin embargo, hoy no juega con el obsoleto aparato, cuyos viejos circuitos parecen agotarse de un momento a otro. Se ha sentado frente a él con un propósito definido: leer el libro de su padre.

—Mi padre solo ha escrito un libro. Debe ser muy fácil encontrarlo.

No se equivoca Tania. Con solo solicitar al computador «el libro de Huáscar», aparece el extenso material de 200 páginas, el último gran trabajo de su padre en vida. Pero, obedeciendo al parecer las instrucciones de su operador, el equipo, antes de abrir el documento solicitado, sugiere algunas noticias del momento bajo el título: «Temas del día que pueden interesarte».

Tania se entusiasma. Podrá enterarse de todo lo que le interesaba ver y escuchar a su padre. Ordena al computador que despliegue la página de los «Temas del día». El equipo solo tarda fracciones de segundos en cumplir la orden.

Las imágenes vienen acompañadas de voz. Como se acostumbra en el campo informativo, los titulares abren el paso a las noticias en detalle:

«¡Cinco muertos anoche, en un intenso tiroteo en la ciudad de Nueva York!».

«¡Desastre en el Atlántico! Una aeronave de última generación cae al mar con 400 pasajeros a bordo».

«Continúan los enfrentamientos armados entre grupos religiosos en Medio Oriente».

«Tembló la tierra en Centroamérica».

«Huelga en astilleros alemanes».

«Marido celoso apuñala a su mujer».

«A punto de perderse definitivamente en el espacio una nave europea con tres tripulantes».

«Alertan de peligro de tsunami en costa este de islas del Pacífico».

«Rompen relaciones diplomáticas...».

Hasta ahí resiste Tania. Mueve sus pestañas, ahora sin ningún deseo de jugar, y ordena al viejo computador holográfico que salga de ese desastre de página.

«¡Dios mío, el mundo se está acabando! —comenta para sí muy preocupada—. Mejor sigo con el libro de papá. En definitiva, eso fue lo que vine a revisar».

Ya tiene en la pantalla del monitor la primera página del libro.

Le echa una ojeada y se cerciora.

«¡Sí, este es el libro de papá!».

Tania se tranquiliza, espera unos segundos a que el computador holográfico coordine y se estabilice. Cuando lo logra, la joven comienza a leerlo con calma.

—¿Por qué no lo habrá titulado?

Tras la lectura de varias páginas, se detiene, llama su atención el encabezamiento de una de ellas, ubicada casi en los comienzos del libro. Tania lee: «*Bambú, liderazgo, amor y optimismo. ¡Cuántas cosas!*».

Tania queda prendida de la página. Huáscar habla en ella en torno a las particularidades esenciales que deben definir no solo a un líder, sino a cualquier persona que luche por un sueño y pretenda ser exitoso en la vida.

Sabía que en algún momento hablaría de esto, piensa con satisfacción.

Lo primero que destaca Huáscar es la necesidad de abrazar una filosofía, una guía de trabajo que ilumine el camino; pero no se refiere a iluminaciones místicas o esotéricas, sino reales, que dirijan y den un propósito a la vida. Que guíen los pasos sobre la Tierra, que persuada y a la vez ayude a persuadir a los demás.

¡Todos aquí abrazamos la filosofía del bambú! piensa Tania convencida. Por lo tanto, cumplo ese punto.

Se recrea leyendo lo escrito por su padre sobre liderazgo y acerca de sus experiencias como guía de Mapai. En uno de los renglones define a un líder como «**un río con brillo de fuego**».

«¡Un río con brillo de fuego! La verdad es que no entiendo», Tania sigue leyendo.

Según la antropología moderna —escribe Huáscar—, *desde el mismo comienzo del desarrollo de la humanidad, ya se hizo valedera la trascendental importancia de un líder. Los primates, la orden de los mamíferos a que pertenecemos los seres humanos, gestionaban la vida bajo la guía de un cabecilla natural. Por supuesto, el más fuerte y emprendedor de la horda.*

Tania se entusiasma con la lectura. Apenas empieza el primer párrafo y ya olvida los desagradables segundos oyendo titulares de noticias.

Importantes figuras de la filosofía asiática, miles de años atrás también enaltecieron las cualidades imprescindibles para ejercer el liderazgo, siempre dominadas por la prudencia. Algunos comparaban a un buen líder con un río, porque, señalan, es sosegado, humilde, avanza siempre hacia adelante, decidido a tropezar con el mar; sortea los obstáculos del camino y produce bienestar por donde cruza. Gobernar como el río, decían, traerá siempre buenos resultados.

«¡Cuánta verdad! Así era papá, humilde, sosegado, prudente, decidido... ¿Papá sería un hombre perfecto? Se lo preguntaré a Yandú, a ver qué piensa». Tania vuelve a las páginas del computador.

Desde los primates y la época de la antigua filosofía asiática, hasta la fecha, ha llovido mucho, la realidad ha cambiado extraordinariamente, pero las particularidades de un buen líder se mantienen intactas. Hoy día se valora, quizás como nunca antes, su importancia básica a la hora de emprender un proyecto económico, político o social.

Le añado al paralelo con el río, respetando la sapiencia asiática, la necesidad que también tiene un buen líder de brillar, pero no como el reflejo de la luz en las aguas de la corriente, sino de brillar por sí mismo, con luz propia. ¡Ser como un río, pero con el brillo propio del fuego!

Un ser humano opaco o decidido a hacer brillar la luz de otro quizás pueda ser jefe de una gran empresa y hasta gobernar una nación (o tratar de hacerlo), pero nunca tendrá el talante de un guía eficaz, capaz de hacer avanzar un proyecto.

El liderazgo se ejerce de forma natural, nunca se impone. Para ello se requiere de carisma y es imprescindible que la autoridad la interprete como una herramienta al servicio de sus ideas, pero también al servicio de los demás. El verdadero líder se rodea de personas capacitadas porque, ante todo, respeta y aprovecha el talento ajeno en función de sus aspiraciones.

Nunca divide, siempre une como hemos tratado de hacer en Mapai, a pesar de las disparejas tendencias culturales, religiosas y filosóficas de sus habitantes. El verdadero líder tiene que saber y estar dispuesto a escuchar, a dialogar. La capacidad de liderazgo se forja poco a poco, y no es extraño que quien la posee, en un principio, ni se percate de ello y necesite de alguien que alguna vez le diga: «Tú puedes». No se designa de dedo, para ser líder no se necesitan documentos probatorios, ni diplomas escolares. Su actitud ante aquellos que dirige dice más que cualquier nombramiento protocolar.

Así le dije a mi hija Tania: «Tú eres la escogida, tú puedes salvar a Mapai y el mensaje que envía al mundo». Quizás yo muera antes y no lo vea, pero confío en ella, pues, por joven, no se ha percatado de su condición de líder y de lo que simboliza.

Tania abre los ojos, ahora más por asombro que por temor. «Pero hasta lo dice en el libro. ¡Dios mío!».

Un buen líder es susceptible a cambios, se impone sueños grandes que prueben su talento y el talento de todos aquellos que forman parte de su empeño. Vive consciente de que, como dijera el gran Aristóteles, es más valiente el que conquista sus deseos que el que conquista a sus enemigos. ¡Un buen líder no lo duda!

Tania se reacomoda en la silla, aparta la vista del computador y se encuentra con sus pensamientos. Analiza cada una de las ideas que acaba de leer en el libro de su padre. Se propone leerlo completo, con calma y amor. Ahora el asunto es implementarlo, tener talento y talante para hacerlo. Teóricamente los conceptos son digeribles, pero cuando se enfrenta la vida, cuando se pretende hacerlos valer... ¿todo será igual o serán engullidos por la realidad?

Se siente agotada, Yandú le informó del punto de vista del grupo de miembros que dirige la villa. Tania sabe que la apoyan. Al principio, ella los consideraba, quizás, el peor de los obstáculos. Son personas inteligentes, nobles y siempre estuvieron al lado de su padre.

Temía ser ingrata, sobre todo porque está segura de todo el apoyo que ellos brindaron a Huáscar. Ya ese escollo está salvado, respira aliviada. El grupo la apoya por una razón muy sensata: son personas mayores. Cuando fundaron Mapai tenían veinte años menos, vivían acorde a su tiempo; pero, veinte años después, como se titula la hermosa novela de Alejandro Dumas que una vez le regalara su padre, todo cambia. Y las costumbres, después de que avanza la tercera edad, tienden a mantenerse.

Ese concepto de que «las costumbres después de que avanza la tercera edad tienden a mantenerse», que ella considera enrevesado, se lo escuchó decir a su padre muchas veces. El hecho de que trabaje con equipos obsoletos no es más que una prueba real de que muchas veces, con el paso de los años, la costumbre tiende a ejercer más presión de la debida.

Tania estira sus brazos, apaga los equipos y decide irse a la cama. Pero, en ese momento, entra Yandú con una taza humeante en una de sus manos y un mohín de preocupación dibujado en el rostro.

—¿Qué pasa, Yandú?

—Kamon se ha marchado de Mapai. —Lo dice rápido, sin regodeo alguno.

—¿Cómo? ¿Se ha ido Kamon ya? ¿Por qué no me dijo nada?

—No le dijo nada a nadie.

—Yandú, por favor, háblame claro. ¿Tienes que ver con los viajes a Iquitos? ¿Has tenido que ver con su partida?

Yandú advierte síntomas de alteración en Tania. La comprende. Más que molestarle sus palabras, le preocupan. Está consciente de que los últimos días han sido muy duros para ella. Primero, la muerte de Huáscar, después las contradicciones en la villa, la incomprensión inicial del legado familiar, la responsabilidad que pesa sobre sus hombros por solicitud expresa de su padre... y ahora la partida de Kamon.

—Tranquilízate —dice con ternura Yandú a Tania—. Nada tengo que ver con los viajes de Kamon a Iquitos. Él no iba conmigo. Más bien, yo era la que iba con él. Aprovechaba su barco, él gustosamente me llevaba. Hasta ahí llegó la cosa... ¿Estás bien?

—Sí, estoy bien —responde Tania más calmada.

—Te traje un cocimiento de hierbas para que te relajes y duermas, lo necesitas. Es el mismo mejunje que mi madre hacía a mi padre cuando se alteraba.

Le entrega la taza a Tania.

—Sabes que Kamon tiene una novia en Iquitos y es natural. Es un hombre hecho y derecho. Si no le gusta ninguna mujer de la villa, tiene que salir a buscársela en Iquitos, Lima, Nueva York o Sídney, en algún lado. Llegábamos a Iquitos, yo salía a mis asuntos y él se veía con su novia.

—¿Por qué tanto tiempo sin explicárnoslo él?

—Por respeto a tu padre. Dijo muchas veces que se marcharía, pero no lo acababa de realizar. Al parecer era algo muy duro para él, estaba enamorado. Además, como nos contó, intenta persuadirla para que venga a vivir a Mapai, pero no lo ha logrado. Tómate el cocimiento, necesitas descansar.

Le da un beso y sale otra vez de la habitación. Tania ingiere el brebaje, coloca la tasa vacía sobre la mesita de noche y se tira en su camastro...

TANIA, LÍDER

B ien temprano en la mañana, apenas aclara, Tania sale al balcón del tercer piso del palacio de bambú a disfrutar el aire que viene de la selva. La plaza está vacía. Solo el aroma de las flores, movido por la brisa, va de un lado para otro. Apenas transcurren unos minutos, sin darse cuenta del momento preciso en que lo hace, una enorme pantera, negra como el azabache, hace su entrada en la plaza, camina elegante, confiada en sí misma. ¡Se sabe reina!

«¿Por qué habrá venido pintada de negro, en forma de pantera, y no amarillo moteado como los jaguares? Aunque vivo en la selva, nunca he visto un jaguar».

Algunos habitantes de la villa se asoman a sus ventanas para ver el maravilloso espectáculo.

—¿Cómo habrá burlado la zona de seguridad? —todos se preguntan.

La pantera es el mismo peligroso jaguar, pero bajo los efectos del llamado melanismo. Sus típicas marcas se mantienen debajo, opacadas por el intenso color negro.

¡Cuánto engaña un jaguar disfrazado de pantera! *piensa Tania.*

La mirada azul intenso del animal la observa en lo alto, ya la pantera se encuentra debajo del balcón del tercer piso del palacio de bambú. Tania advierte que varios hombres, entre ellos Kamon y Khalan, armados con cerbatanas y dardos envenenados, se disponen a darle muerte.

¿Por qué habrá sobrepasado el área de seguridad? Se expone a morir, *piensa la adolescente.* ¡Un ser tan hermoso no debe morir de esa manera!

Tania baja las escaleras a una velocidad inusual; sin embargo, hoy le parecen más largas que nunca. Lo hace aún a medio vestir, llega hasta el portal... y mira de frente al bello pero peligroso animal.

Todos se asustan, preparan sus cerbatanas con dardos untados de kurare, pero la pantera comienza a mover su enorme cola, también negra como el azabache... Camina hasta Tania y se le echa a los pies.

Todos se asombran, guardan sus dardos, se acercan a Tania y al jaguar disfrazado, se admiran de cuánta belleza puede crear la naturaleza. La hija de Huáscar se echa al lado del animal y comienza a pasarle la mano por la pelambre de su musculoso lomo. Lo acaricia, huele a selva, nadie más se atreve a acariciarla. Le mima las orejas y la pantera responde con un runruneo de agradecimiento, como si solo fuera un hermoso gatito negro.

Dicen que Dios crea al gato para que el hombre tenga el privilegio de acariciar a un tigre. Pero si el gato es negro, Dios, dadivoso, le da la posibilidad de acariciar a una pantera con olor a selva. Nada más hermoso, sobre todo cuando se hace en el portal de un palacio rodeado de bambú por todas partes. La brisa mañanera y las caricias de la joven adormecen al animal.

Esa misma brisa mañanera y las caricias de Yandú despiertan a Tania bien temprano. Es la mañana del mismo día en que Mapai se dispone a rendir tributo a Huáscar.

Desde muy temprano, a través de los modernos equipos de audio, imperceptibles de tamaño pero poderosos en sonido, se escuchan las melodías grabadas por Huáscar y su flauta. Tania no remolonea, ya sentada en la cama estira sus brazos y mueve la cabeza de un lado a otro para acabar de despertarse.

—Cuando me despertaste, soñaba con una pantera...

—¡Con una pantera!

—Sí, paseaba por la plaza central, entre las flores, y vino a mí encuentro.

—¿Y qué más pasó? —pregunta Yandú interesada.

—Los hombres, entre ellos Kamon y Khalan, querían matarla con kurare, pero bajé, me eché a su lado y la acaricié. Fue como pasarle la mano a un gato negro.

Yandú respira tranquila.

—Entonces, ¿la dominaste?

—No la dominé, más bien ella me dominó a mí. ¡Era algo hermoso, Yandú!

—Pero, ¿le pasaste la mano? ¿La acariciaste?

—Por supuesto, no iba a perder esa oportunidad.

Yandú respira tranquila.

—¿Qué sucede?

—Para nosotros, soñar con una pantera tiene muchos significados.

—¡No me digas!

—Por eso quise averiguar te pregunté tantos detalles.

—¿Y a qué conclusión llegaste?

—Cuando la pantera te esquiva y gruñe, hay que tener mucho cuidado en la vida, porque los enemigos te acechan. Pero, cuando la dominas y acaricias, es símbolo de triunfo sobre las adversidades. Ella es un aviso de que todo va a salir bien.

—¿De verdad?

—Tenlo por seguro.

—A lo que más temo es a hablar en público. ¿Crees que me saldrá bien?

—Estoy segura de que sí. Hoy lo harás por primera vez y puedes sentirte confiada. La aparición de esa pantera juguetona, con ganas de que le pasaras la mano, quiere decir que si tienes coraje para acariciar a un animal de esa naturaleza, tendrás suficiente valor para hacer todo lo que te propongas en la vida, incluso, hablar en público. Levántate, se nos hace tarde y tenemos que echarle el último vistazo a lo que dirás delante de todo Mapai.

Yandú instruye a Tania sobre cómo comportarse a la hora de dirigirse a un público. Le reitera que debe hacerlo con naturalidad y energía, y proyectar seguridad.

—Todo eso —dice Yandú—, revela carácter. Se puede ser joven y alegre y tener carácter. Una cosa no atenta contra la otra. Tenlo presente.

Le habla de liderazgo, de la importancia de un líder, no solo para una comunidad como Mapai, sino en todas las esferas de la vida. Tania se percata, en un momento determinado, de que Yandú, más que prepararla para pronunciar unas breves palabras en una ceremonia sencilla de homenaje a su padre, parece amoldarla para que ejerza, en algún momento, las funciones de líder, y así cumplir las expectativas de su padre y convertirse en la guía de Mapai.

Tania se entusiasma, pone todo de sí, vislumbra la posibilidad de poder cumplir los deseos del ser que más ha querido en la vida. Eso la llena de deseos y de pensamientos positivos.

Pero, según lo discutido con el alemán el japonés y el africano, Yandú no le ha hablado de nada relacionado con el liderazgo de Mapai, solo esgrime la necesidad de que la ceremonia quede a la altura del homenaje que requiere Huáscar.

—Ante todo —le ha dicho más de cien veces—, debes demostrar con seguridad absoluta tu total conocimiento y adhesión a la filosofía del bambú, la misma que motiva a tu padre a fundar Mapai junto a un grupo de personas entusiastas y nobles como esa planta. ¡Métete eso en la cabeza!

Tania y Yandú leen fragmentos del libro de Huáscar. Los adornan a su manera, pues no es lo mismo leer que hablar.

—Cuando se habla y se teoriza demasiado —le aclara Yandú—, la gente tiende a aburrirse, y eso es malo, muy malo. Sobre todo para alguien que ejerce el liderazgo o pretende hacerlo. Debes ser convincente, pero diáfana.

La adolescente resiste el embate, toda la intensa preparación de Yandú con el apoyo de Khalan. Yandú, aunque nunca ha jugado el papel de líder, tuvo la oportunidad de compartir su vida más de diez años con Dainan, un dirigente defensor de las comunidades aborígenes australianas. Muchas veces lo escuchó hablar, leyó sus conferencias, repasó sus libros. Ella aprendía y a la vez lo ayudaba. En ocasiones, llegó a asesorarlo.

Toda esa experiencia la vuelca en Tania, pero de forma más suave, más digerible, adecuada para una adolescente como ella, que posee varias condiciones clave para triunfar en el liderazgo, entre ellas, la filosofía a seguir, curiosidad y audacia, pasión, inteligencia y humildad. Y algo muy importante: conoce sus defectos. Además, de ella emanan simpatía, juventud y amor.

—¿Qué más para ser el verdadero líder de Mapai? —exclama orgullosa Yandú, siempre apoyada por Khalan.

Solo le falta a Tania, según analiza internamente Yandú, ganar confianza en sí misma. Lo logrará con el tiempo, y es bueno que a su edad aún no le aflore con intensidad, por cuanto puede devenir una autosuficiencia indigna de una persona que ejerza el liderazgo.

Esa confianza puede transmitírsele desde fuera. Es responsabilidad de las personas que la rodean, de aquellos que la estiman y la apoyan. Así, más a la corta que a la larga, irá desarrollando dentro de sí esa fuerza interna, ese convencimiento de que todo lo que te propones lo logras. Pero siempre con bondad, amor, trabajo, paciencia, optimismo y perseverancia.

Es cierto lo que dice Huáscar, Tania es un diamante sin pulir, así piensa Yandú.

Pero no se puede correr el riesgo de que llegue a creer que es un ser privilegiado, superior a otros jóvenes de Mapai. Cuando se cría a los hijos con apego y cariño, pocas veces estos no siguen los caminos del padre. Ella puede seguir los de Huáscar. Otros, tan inteligentes como ella, no pocos en Mapai, siguen los marcados por sus progenitores.

Una persona con estampa de líder no es superior, todo lo contrario. La humildad es la virtud que debe prevalecer en ella, pues es la única manera de relacionarla, sin prejuicios ni temores, con otras personas capaces e inteligentes, que le harán más expedito el camino hacia el éxito.

Por esa razón, cuando un verdadero líder triunfa, todos los que lo rodean también lo hacen. Ningún líder triunfa por sí solo. Yandú lo sabe y se ha hecho el propósito de que Tania también lo tenga claro... Muy claro.

El momento de la ceremonia se acerca. Tania, Yandú y Khalan, vestidos con trajes típicos oscuros, salen a la plaza. El ambiente es triste pero relajado, a pesar del torbellino de ideas opuestas que sacude a la comunidad. El centro del homenaje serán las palabras de Tania, aún envuelta en el dolor por la muerte de su padre, el posible desmembramiento de la villa y la huida de Kamon.

Tania no ha sido informada de que del efecto de sus palabras y de la imagen que logre proyectar dependerá que sea elegida guía de Mapai. No se lo han dicho, pero ella, más que presentirlo, lo sabe con certeza. Ningún alemán, africano, japonés o hijo del lugar que sea, por muy inteligente que pueda ser, es capaz de engañarla.

Su padre le confiesa en el pergamino que la había sometido a una prueba... Esta es otra prueba, digna de su talento y originalidad. La mano de Huáscar está detrás de todo en Mapai. Así son los grandes líderes, los que saben legar ejemplos, maneras de actuar y actitudes ante la vida. Ella lo sabe y se ha preparado más de lo que Yandú y Khalan se imaginan.

Su psicología de adolescente se lo confirma cuando, ya caminando hacia el estrado principal, observa las caras de los grandes amigos de su padre, de Yandú y de Khalan. Y, para su enorme sorpresa, de Kamon, quien ha entrado sigiloso, de manos de una bella joven mestiza suramericana vestida a la usanza moderna. Son los únicos que no llevan el traje típico de Mapai.

Desde sus primeras palabras, Tania luce convincente. Muchas ideas las extrajo del libro inédito de Huáscar. Pero prefiere comenzar con la relación de noticias que grabó horas antes. El audio parece sonar con más intensidad que nunca.

«¡Cinco muertos anoche, en un intenso tiroteo en la ciudad de Nueva York!».

«¡Desastre en el Atlántico! Una aeronave de última generación cae en el mar con 400 pasajeros a bordo».

«Continúan los enfrentamientos armados entre grupos religiosos en Medio Oriente».

«Tembló la tierra en Centroamérica».

«Huelga en astilleros alemanes».

«Marido celoso apuñala a su mujer».

Hasta la propia Yandú se sorprende. Nadie en Mapai espera un recuento tan breve pero tan dramático de la realidad en medio de una mañana de homenaje a Huáscar. Después de que cesa el murmullo natural provocado por la relación de noticias, solo conocidas por una ínfima mayoría de los habitantes, Tania comienza a hablar.

—Esa es la gran diferencia... No se hacen necesarias más explicaciones. Somos una comunidad privilegiada que pasa, quizás, por el momento más escabroso de su existencia, pero estoy segura de que lo rebasará, como el bambú enfrenta y vence sus malos momentos.

»Cuando cortas un árbol, por muy grande y ramificado que sea su follaje, por muy profundo que entierre sus raíces, nunca volverá a crecer —dice Tania con emoción—. Su tronco permanece amputado hasta que desaparece por completo. No pocas veces, a pesar de su aparente fortaleza, el inmenso laurel o el poderoso roble, son arrancados de raíz por la furia del viento.

»Sin embargo, el bambú, con solo un mes de nacido, difícilmente puede ser arrancado de la tierra. Y, aunque lo cortes una y otra vez, nunca observarás su tronco amputado por mucho tiempo, porque vuelve a crecer, se empina de nuevo con la pretensión de volver a conquistar el cielo, como ahora se empina nuestra comunidad. En eso radica su fortaleza, la misma fortaleza que le impregnamos a Mapai todos estos años.

»No hemos sido desgajados —afirma—. Solo nos baten brisas de desintegración, pero estamos muy lejos de ser amputados y barridos del mapa amazónico».

Tania insta a los jóvenes, propone ideas, habla del amor, de la libertad plena de ejercerlo en la villa, del trabajo, de la felicidad, de ese gran privilegio que consiste en poder expresar ideas sin temores, de la paz, del apego a la naturaleza, de las cualidades inmateriales del bambú. Todo lo relaciona a su filosofía, esa misma filosofía, como dijera su padre, callada pero efectiva, habla del humanismo que envuelve la idea de la villa, la necesidad de ser flexibles, consecuentes ante el punto de vista de los demás, de soñar siempre con llegar más alto, de defender la colectividad.

—El éxito del bambú radica —dice Tania—, en que no hay entorpecimiento de la mente humana ni tormenta que puedan vencerlo y arrancarlo de raíz. En eso radica su fortaleza, la misma que le impregnamos a Mapai todos estos años y que, con la ayuda de todos, seguiremos impregnándole.

»Como el bambú, no le tememos al filo cortante que muchas veces nos muestra la vida, porque a nosotros, los seres humanos, la vida también nos muestra una que otra vez su arista más afilada; pero a ella, como hace el bambú, no se le teme aun cuando el camino nos presente muchas barreras.

»La vida nos pone a prueba, puede cambiar en un abrir y cerrar de ojos, a veces nos puede parecer injusta; sin embargo, cada momento que dispensa es una nueva oportunidad brindada. ¡Así es de grande y hermosa! Lamentarnos o temerle cuando no nos sonríe es desperdiciarla, es perder el limitado tiempo que nos otorga, es soltar las riendas a la mediocridad existencial, es ir camino al fracaso, significa incumplir nuestros sueños.

»Sobre el temor y el lamento, Mapai nunca hubiera sido erigido y el bambú no se lanzaría a conquistar las alturas después de dominar las oscuras profundidades.

»Mapai es pequeña, pero quienes la habitamos estaremos dispuestos siempre a reverenciar la naturaleza, a escapar de un mundo desarrollado, agobiante y embrutecedor. Es nuestro propósito demostrar que el ser humano no depende de las grandes riquezas materiales para lograr alcanzar la felicidad. Esa es una idea de mi padre que quiero compartir con ustedes, sobre todo con aquellos que valoran la posibilidad de partir después de su muerte. La felicidad puede surgir de lo más simple y lo más puramente cotidiano».

Las palabras de Tania calan los sentimientos más profundos, mueven los resortes del amor de cada uno de los habitantes de la villa, renuevan los conceptos que posibilitaron la creación de Mapai, desentrañan los secretos de la filosofía del bambú. Más fuertes y melodiosos que nunca, sonaron los acordes de la pequeña flauta.

Cuando un ser humano es capaz de hacer latir con intensidad los corazones de aquellos que lo escuchan, tiene estirpe de líder.

Todos se acercan a Tania después de que finaliza sus palabras. La felicitan, le brindan su colaboración, la inmensa mayoría le propone que sustituya a su padre. El africano, el japonés, el alemán y Yandú se hacen los desentendidos, pero con una sonrisa en los labios miran a Tania. Ella devuelve la sonrisa en señal de agradecimiento.

No hubo necesidad de hacer elecciones secretas, ni estructurar campañas y publicidad. Mapai se mantiene libre y sana, como el viento y las panteras del Amazonas. El bambú ese día crece aún más de lo que acostumbra.

En apenas una semana, tras una breve consulta con sus habitantes, Tania es proclamada guía de la comunidad. Todos la apoyan de manera natural, como crece el bambú. Sobre todo los jóvenes, para alegría de los viejos, aquellos que junto a Huáscar se vieron obligados a remover cielo y tierra, convencer a muchos, limpiar escabrosos terrenos, aguantar incontables picadas de mosquitos y sufrir aguaceros intensos antes de construir la primera cabaña de la villa.

Kamon se queda con su novia en la villa con una sola condición: que Khalan se mude para otro cuarto. A todos pareció muy lógica su solicitud. Khalan se muda. Yandú, ahora vive con Tania. La nana y la «princesa» permanecen juntas en la antigua habitación de Huáscar. Yandú, muy realista como siempre, piensa ya en la necesidad de ir construyendo su propia «covacha», porque la popularidad de Tania, unida a su belleza, en cualquier momento provocará que la «princesa» haga la misma solicitud de Kamon. Además, Khalan, a pesar de ser introvertido y no dominar las artes de la pesca, en cualquier momento será flechado por el amor también. Una buena cantidad de jóvenes de ambos sexos, de todo el mundo, se han interesado en mudarse y compartir la suerte de los mapayanos.

Nacerán más hijos en Mapai, aún más concienciados que sus padres. Ese será el gran futuro, el mismo que describe en los capítulos finales de su libro el viejo Huáscar. Tomando muy en serio su propósito de aprovechar la vida, además de arquitecto, maestro carpintero, músico y un poco filósofo, ahora se convierte en un escrito de éxito: su libro *El secreto del bambú*, titulado así por Yandú, se solicita como ningún otro a través del comercio en línea.

Hay quienes, en la villa, ya tienen la pretensión de crear una editorial, que no solo utilice los medios electrónicos, sino que retome la tinta y el papel de fibra vegetal. Pero solo el libro de Huáscar tendrá el honor de quedar impreso para la posteridad en papel de tejido de bambú.

Tania vive complacida. Ha cumplido los deseos de su padre, y alguna que otra noche sueña con panteras hermosas y poderosas, pero amables y deseosas de mimos y caricias.

Notas

Introducción

1. Robert E. Carter, *Becoming Bamboo: Western and Eastern Explorations of the Meaning of Life* (Quebec, Canadá: McGill-Queen's UP, 1995), p. 13.
2. Antoine de Saint-Exupéry, *El principito* (Santiago, Chile: Pehuén, 1984), pp. 79–80.

Capítulo 1

1. Teresa de Calcuta, citada en *El legado de la Madre Teresa de Calcuta*, dirigido por Ann y Jeanette Petrie (documental en DVD, Petrie Productions, 2004).

Capítulo 2

1. Prólogo del Dalai Lama en Sogyal Rimpoché, *El libro tibetano de la vida y de la muerte* (Barcelona: Urano, 1992), p. 11.
2. Ibíd., p. 12.
3. José Martí, citado en Jorge Sergio Battle, *José Martí, aforismos* (Habana: Corcel, Centro de Estudios Martianos, 2004).

Capítulo 3

1. Poema atribuido a Mahatma Gandhi en Arnaldo Pangrazzi, *El duelo* (Bogotá: San Pablo, 2000).
2. José Martí, citado en Battle, *José Martí, aforismos*.
3. Rick Warren, *Liderazgo con propósito* (Miami: Vida, 2008), capítulo 1, edición digital.

CONVERSACIÓN CON EL AUTOR

1. ¿No es demasiado idílica la vida en Mapai?

No, para nada. Todos sus habitantes trabajan, tienen la responsabilidad de educar a sus hijos, respetar la naturaleza y cumplir las normas que establece la comunidad. No es un grupo de personas que se pone a mirar el firmamento esperando a que todo les caiga del cielo. Además, tienen la responsabilidad de hacer ver al mundo que es posible vivir en plena armonía con lo natural, sin desechar los adelantos tecnológicos, pero nunca dejándose enajenar por ellos. Es una vida hasta cierto punto en aislamiento, pero muy acorde con una armónica relación entre humanismo y desarrollo.

2. **¿Consideras ciertamente que el bambú es una planta con tal nivel de perfección o, como es permisible en toda fábula, exageras?**

No exagero. El bambú tiene todas las cualidades que se afirman en la fábula, de ahí su gran mensaje filosófico que se resume en el texto del pergamino que Huáscar deja a su hija. Desde tiempos inmemoriales, sobre todo en Asia, sus virtudes son veneradas e imitadas por aquellos que luchan y creen en el perfeccionamiento humano. Por supuesto, con bambú se han construido armas para aniquilar al enemigo. Como todo en la vida, su valor de juicio lo determinará el uso que el ser humano le ha dado a esta planta, y sus bondades. Lo que sí puedo asegurar es que con el bambú hemos hecho mucho más para construir que para destruirnos.

3. **¿No hay contradicción entre el propósito de regresar a la naturaleza, a lo más simple, como se plantea en el libro, y que a la vez sus personajes dispongan de los últimos adelantos de la tecnología?**

No hay contradicción. No es intención del libro, que esto quede bien claro, negar el desarrollo científico-técnico alcanzado por la humanidad. El centro del mensaje es que nunca debemos convertirnos en esclavos de ese desarrollo. Eso es lo pernicioso, lo enajenante. La moraleja aquí es: usemos la tecnología que nos aporta, mientras que no nos empobrezca espiritualmente. Usemos la tecnología, pero no dejemos que la tecnología nos use a nosotros en una adicción o codependencia enfermiza.

4. **¿No sientes que es forzada la relación entre una amerindia y un aborigen australiano?**

EL SECRETO DEL BAMBÚ

La realidad siempre superará la ficción. No niego que lo analizara al principio, pero la solución que se plantea en el relato lo hace muy creíble. ¿Cuántos australianos no forman o formarán parte de organizaciones internacionales? Estoy seguro de que son muchos y que no pocos trabajan o trabajarán en América. Además, la fábula resalta que la globalización, ya en esa época, es extrema. Nada queda lejos, nada es extraño. Por lo tanto, que una amerindia conozca y se enamore de un aborigen australiano, no tiene por qué ser forzado.

5. **En el libro, Tania se pregunta en una ocasión si su padre Huáscar es perfecto. ¿Pretendes que sea así?**

Huáscar no es perfecto. Nadie lo es. Sencillamente, trabaja duro por un sueño y lo logra, por eso triunfa. Ha sido un líder, y casi un padre para muchos miembros de Mapai. Sin embargo, dominado por sus ideas, en ocasiones es injusto con sus hijos. Kamon no desea estar en la comunidad, pero él no lo apoya, no le dice: «Márchate, haz tu vida como desees».

Como padre, no lo ayuda a cumplir sus sueños como ser humano independiente. Creo que también con Tania es injusto, demasiado optimista y sobrevalora mucho el hecho de que ella haya nacido allí. Le lega una responsabilidad muy grande, sin estar plenamente convencido de que ella lograría hacerla realidad.

6. **¿Habrá cambiado el concepto de líder para finales del siglo XXI? ¿No te preocupa que si cambia ese concepto, algún potencial lector del libro en esa época pueda tildarte de poco visionario?**

No me preocupa, porque permanecerá igual. Lo que cambiará seguramente es el pensamiento de la sociedad, el desarrollo tecnológico será superior y la humanidad tendrá otra escala de valores; pero una persona con las características de un líder nunca desconocerá esa realidad ni esa nueva escala de valores. Las características conceptuales de un líder son eternas, precisamente porque se adaptan al momento y al colectivo.

7. **¿Por qué irse en el tiempo hasta 2085, con la necesidad que tiene la humanidad de concepciones como esas, aunque parezcan idílicas, ya en esta fecha?**

Es cierto que ya en el presente, como dices, la humanidad tiene necesidad de enfrentar el desarrollo con concepciones como las que presenta el libro. De hecho, se manifiestan con fuerza, el ser humano cada día se identifica más con la naturaleza y el medio ambiente, así como con el uso racional de los adelantos científicos y técnicos. Lo que sería una utopía hoy día es pretender crear una comunidad como Mapai en medio de la Amazonía, con todos los males que la aquejan, incluida la guerra. No estamos preparados para hacerlo, de ahí la necesidad de llevarla a 2085.

8. **¿Crees que una joven de quince años, nacida y criada en esas circunstancias, pueda de verdad interiorizar las características de un verdadero líder?**

Con su educación, con las enseñanzas de su padre, con su amor por la selva y el medio ambiente y con el pleno conocimiento de la filosofía del bambú, sí puede interiorizarlas. Le falta experiencia, es cierto, y se dice muchas veces en la narración. De ahí la necesidad de la colaboración de todos aquellos que la apoyan. Sí creo que puede cultivar las cualidades de un verdadero líder y, además, con la ayuda de todos, crecer en su madurez, ejerciendo un liderazgo que incluya y escuche a los demás.

9. **¿Estás convencido de que el tipo de masaje convencional con el bambú o las manos se utilizará todavía en 2085? ¿No lo sustituirán máquinas?**

En esa época podrían existir máquinas muy eficientes que den masajes con bambú y con muchas otras cosas, eso no lo dudo. Pero nunca alcanzarán el nivel ni el calor que logran los masajes producidos por las manos de una persona. Sobre todo, cuando se hace con una pequeña caña de bambú. Lo aseguro.

10. **Ismael, estarías dispuesto a participar en una cena con los siguientes platos que leí en la página web TravelReport:**

Entrante - Galletas de avispas:
Se confeccionan con arroz y avispas. Las avispas se hierven y se secan. ¡Son crujientes!

Plato 1 - Tarántula asada:
Se asan los arácnidos y después de siete minutos, se pelan para quitarles las patas y los pelitos. Este es un platillo muy popular entre los indígenas de la Amazonía venezolana.

Plato 2 - Tacos de gusanos de maguey:
Las larvas, que crecen en las plantas de maguey, se comen fritas y se acompañan con guacamole y tortillas, para destacar su sabor especial. Postre - Insectos al chocolate:

Pueden ser hormigas, grillos y saltamontes. Se funde el chocolate negro a baño maría con azúcar y un poco de mantequilla y se empapan los insectos en el chocolate fundido. Se retiran y se dejan endurecer a temperatura ambiente o en el refrigerador.

De merienda, entre comida y comida - Tempura de escorpión:
Es un alimento ligero. Dejas reposar el escorpión en alcohol antes de cocinarlo para neutralizar el veneno, y lo ahúmas. Es muy crocante.

Sí. ¿Por qué no? Prometo que los degustaré pronto. Ja jajá.

CONVERSACIÓN CON EL LECTOR

1. ¿Quién para ti es el personaje principal de la historia?

   A. Huáscar

   B. Tania

   C. El bambú

   D. Yandú

2. ¿Estarías dispuesto a comer invertebrados, como símbolo de expansión de tu flexibilidad de vida? Si es así, lo harías cuando:

   A. vayas al Amazonas

   B. vayas a China

   C. tengas mucha hambre

D. alguien te persuada

E. te convenzas de que no hacen daño

F. ¡Nunca!, porque _____

3. ¿Apruebas la acción de Yandú de abandonarlo todo por un amor? ¿Crees que traicionó a su tribu? ¿Qué harías en su caso?

_____

_____

_____

_____

4. ¿Te gustaría vivir en una comunidad como Mapai? ¿Por qué?

_____

_____

_____

5. ¿Consideras a Mapai una congregación de fanáticos radicales? ¿Por qué?

_____

_____

_____

6. ¿Qué rescatarías como filosofía de vida de Mapai, para tu propia familia o comunidad?

_____

_____

_____

7. ¿Consideras beneficiosa para los aborígenes del mundo la actitud de aislamiento voluntario? ¿Por qué?

_____

_____

_____

8. ¿Justificas la acción de Huáscar, como padre, de proponerse criar a su hija en ese ambiente, aislada de la civilización urbana? ¿Lo crees justo con Kamon?

_____

_____

_____

9. ¿Por qué consideras que Huáscar actúa así? ¿Por cariño y sobreprotección o por demasiada radicalización antisocial?

_____

_____

_____

10. Compárate con el bambú:

    A. ¿Siempre aspiras a subir más alto? _____

    B. ¿Estás de acuerdo en que para lograrlo debes primero crecer interiormente como ser humano? _____

    C. ¿Eres flexible y no te dejas arrastrar por viejas costumbres, dogmas o prejuicios? _____

    D. ¿Te gusta vivir en comunidad o prefieres la soledad?

    _____

11. ¿Coincides con quienes creen que lo mejor que ha hecho la naturaleza es dar al ser humano una vida corta?

_____

_____

_____

_____

12. ¿Consideras antinatural el punto de vista que sostiene que la tecnología debe integrarse al cuerpo humano, para que la inteligencia artificial de una máquina nunca lo supere? Explica tu respuesta.

_____

_____

_____

_____

13. ¿Estás seguro de que existen en realidad delfines rosados? ¿Por qué?

_____

_____

_____

_____

14. Después de leer el libro, ¿consideras que el bambú es un regalo divino? ¿Por qué?

_____

_____

_____

15. ¿Qué idioma común hablarían los habitantes de Mapai para entenderse? ¿Utilizarían los pequeños aparatos traductores, como el de Huáscar en Tailandia?

_____

_____

_____

16. ¿Cuáles son las cualidades de liderazgo que aún debes reforzar, para escalar al próximo nivel en tu vida?

_____

_____

_____

17. ¿Estás de acuerdo con el razonamiento de que «todos los caminos anchos no conducen necesariamente a términos virtuosos»?

_____

_____

_____

AGRADECIMIENTOS

El secreto de compartir y agradecer

Algo que aún sigo estudiando, a cada paso del camino, es el concepto del éxito. Mucho me queda por explorar mientras viajo por este fascinante planeta, mientras trato de beber de sabios y generaciones del pasado, o de quienes se mueven a mi alrededor entrelazando la efímera dimensionalidad del tiempo y el espacio.

Lo que sí puedo afirmar es que el éxito no es algo estático o permanente. Es más bien el recorrido de una montaña rusa en un parque de diversiones, donde las cumbres y los vacíos llegan y se van. Sin embargo, hay mucho éxito en permanencia de propósito cuando practicamos el secreto y el arte de compartir. Cuando somos capaces de entender que el éxito no nos alcanza por un egoísta deseo de trascendencia hueca, sino por el generoso anhelo de ser parte de un todo con otras personas, entonces estamos descubriendo el secreto del éxito verdadero. La ley del éxito se relaciona con la vida como un todo, y no con ese minúsculo fragmento ilusorio de nuestra brújula ególatra y nublada.

Desde hace varios años venimos desarrollando con Cala Enterprises un grupo de pensamiento para empoderar a nuestra audiencia hacia lo positivo. Se trata de ofrecer herramientas, consejos, testimonios y claves para potenciar una vida plena y con propósito, más allá de lo mundano de nuestra existencia.

En mis dos libros anteriores *El poder de escuchar* y *Un buen hijo de p...,* siempre admití mi sentimiento de que todo lo que en esas páginas habita es conocimiento universal, palabras colectivas, enseñanzas de vida que, de alguna manera, muchas personas me han compartido. Aquí, en este tercer libro, insisto: el gran crédito y la gloria son para Dios. No hay proyecto que no comience con este llamado de protección y derecho del autor divino: «Dios es amor, hágase el milagro». Los seres humanos nos hemos hecho la ilusión de que somos genios y, en realidad, sigo pensando que a todos y a cada uno de nosotros nos fue dada la oportunidad de reclamar esa zona de genialidad que nos espera. No todos somos capaces de encontrar la llave para abrir la compuerta y comenzar a explorar qué hay más allá de nuestra conciencia e imaginación. Algunos quedan esclavizados por su realidad circundante, pues la realidad es muy dependiente de nuestra imaginación.

Este libro es, como siempre, el resultado de un esfuerzo que he liderado junto a mi *team* de Cala Enterprises. Sin ellos, no estarías leyendo estas líneas.

Quiero, una vez más, agradecer a Bruno Torres, Jr., CEO de nuestra empresa, por la manera de martillar en mi mente una y otra vez la frase «Ismael, relájate, tienes que ser como el bambú, flexible». Bruno, sin esa oración en mi mente, este libro nunca habría sido posible. Mi verdadero talento es jugar, en mi cabeza, con lo que muchas personas me dicen. Mi único mérito es indagar en frases o imágenes que esconden un infinito manantial de enseñanzas. Gracias por todo lo que compartes de tu tiempo y energía en nuestro proyecto de vida y empresarial. Tu refrescante energía nos contagia a todos.

Tal como ocurrió con *Un buen hijo de p...*, no podría realizar con éxito esta obra de ficción fabulada o lectura con propósito sin la maestría de un mentor, desarrollador de ideas, dramaturgo y guionista como Bruno Torres, Sr. Agradezco que, ante cada madeja de historias que hemos creado, tu virtuosismo nos haya permitido encontrar una coherencia que engarza pasado, presente y el incierto futuro de la historia, situada en 2085. Agradezco las incontables horas en las que me ayudaste a elaborar la cosmovisión de Mapai. Tu sabiduría y cultura enriquecen las lagunas mentales de mi atribulado cerebro. Estoy eternamente agradecido y feliz de que seas parte de nuestra empresa.

A mi querida Elsa, quien rigurosamente hizo la confirmación factual de todo lo que en geografía, historia, leyendas y citas aparece en este libro. Muchas gracias, Elsa. Tu aporte a este equipo es apreciado en mayúsculas.

A nuestro buda, mi querido Michel D. Suárez, nuestro jefe de contenidos y responsable de dar los toques finales al manuscrito. Por tu paciencia, mejoramiento de estilo y tu cruda crítica cuando es pertinente, gracias a secas, porque no te gustan demasiado los aderezos. ¡Qué orgullo poder llamarte amigo desde hace más de veinte años!

A mi querida Augusta Silva, gerente general y productora ejecutiva de Cala Enterprises, por tu incansable aporte a nuestra entrega. Augusta, eres luz y guía entre nosotros.

Gracias a Omar Charcousse, Lilia Pichinini, Tamara Zyman y Franklin Mirabal por ser parte de nuestro equipo e inspirarnos cada día a seguir creciendo y compartiendo nuestra visión de vida. Somos familia.

Un agradecimiento especial para Larry Downs, mi estimado y respetado editor de HarperCollins Español. Larry fue el primer editor que consulté, por referencia de la exitosa escritora y conferencista Bárbara Palacios, Miss Universo 1986. En un pedazo de papel le presenté la idea de *El poder de sonreír*, Larry lo leyó y me dijo: «Adelante, trabajémoslo y lo publicamos». Luego ese libro se convirtió en otro, *El poder de escuchar*, lanzado por otra editorial. Hoy, finalmente, regreso con toda gratitud a hacer un sueño realidad: publicar de la mano de Larry Downs, a quien nunca olvidaré por su gesto de darme el primer «sí» editorial de mi carrera, como autor principiante. Larry, gracias por explorar conmigo esta avenida de colaboración que comienza con *El secreto del bambú* y que, de seguro, nos mantendrá ocupados y entretenidos por muchos años, Dios mediante.

ACERCA DEL AUTOR

Ismael Cala es presentador, productor de radio y televisión, periodista, autor inspiracional y conferencista. Está a cargo del programa de entrevistas de CNN en Español, *Cala*, un espacio íntimo que recorre los personajes más poderosos y relevantes de la escena internacional, desde políticos, escritores, filósofos, artistas y celebridades, hasta científicos y estrellas del deporte.

Es colaborador oficial en el show *Despierta América*, de la cadena Univisión, escribe una columna semanal para más de 20 publicaciones de América Latina y Estados Unidos, y dirige la revista digital *Cala 3.0* —una exitosa aplicación para iPad, iPhone, Android y PC— y es uno de los conferencistas inspiraciones más aclamados del continente.

Autor de los *best sellers El poder de escuchar* (2013) y *Un buen hijo de P...* (2014), Cala nació en Santiago de Cuba (1969) y es licenciado en Historia del Arte por la Universidad de Oriente. Se graduó con honores en la Escuela de Comunicación de la Universidad de York de Toronto y ostenta un diploma de Seneca en Producción de Televisión.

PARA MÁS INFORMACIÓN

Para contrataciones de Ismael Cala en conferencias, congresos, seminarios y talleres, ponte en contacto con:

CALA Enterprises Corporation

Email: manager@calapresenta.com

Sigue a Ismael en las redes sociales:

Twitter @CALA

Twitter @CalaBienestar

Facebook.com/IsmaelCALA

Instagram: @IsmaelCala

Flipboard: CALA en Flipboard

Subscríbete a nuestro *newsletter* y mantente al día con el calendario de eventos de Ismael Cala visitando la página web www.Ismael-Cala.com.

A Ismael le encantaría recibir tu opinión sobre este libro. Escríbele y comparte tu experiencia en: ismael@calapresenta.com.